Stephen King
史蒂芬金選

STEPHEN KING

史蒂芬·金

後來

Later

楊沭希——譯

導讀——

對童年的永恆鄉愁

【作家】盧郁佳

長大是什麼？是得知世上沒有聖誕老人，或達合法年齡開車、投票、買菸酒？像為哀悼失落童年而彈奏的深情輓歌，史蒂芬．金的小說《後來》，以「後來」為成長的分界：原以為聽話照辦就能解套，後來才知更慘。原以為是好人，後來才知不是。原本世界是個寧靜安詳的小村莊，後來不是了。

單親男孩傑米四、五歲時，見單車騎士躺在路上，路人外套已蓋好死者上半身。而穿同樣衣鞋的男人站在旁邊，竟是單車騎士的鬼魂站著俯望自己的屍體。單親媽媽不相信他說的，但傑米卻道破外套下看不見的：騎士臉部損傷、滿頭白髮，隔天媽媽看報印證了沒錯。第二次，鄰居老婦猝死，鰥夫找不到遺物婚戒，但傑米知道在哪。如童話

「事不過三」，第三次媽媽要他幫忙，匪夷所思令人叫絕。結束在這高潮已完美，作者卻翻手為雲覆為雨，換個委託人再翻出更嚇人的冒險。

小說一開始強調媽媽疼愛獨子傑米，「後來」揭露是傑米超齡承擔大人的責任在照顧媽媽。這是史蒂芬．金宇宙的兩把秘密鑰匙。

第一把鑰匙，是孤單孩子渴望有人保護、指引他。

無數電玩、影視、小說沿用史蒂芬．金的世界觀與格律，讀者即使沒讀過他，也活在史蒂芬．金宇宙裡。《後來》既與宗師史蒂芬．金眾多經典對話，也與徒子徒孫創作對話，像爵士樂手同台演奏即興對尬般酣暢淋漓。史蒂芬．金一九七七年的《鬼店》中，男童沒有玩伴，在雪封深山旅館走廊裡獨自乘玩具車經過一扇扇緊閉房門，撞見雙胞胎女童的冤魂，快嚇死卻救助無門。因為他偽單親——爸爸缺席，媽媽依賴年幼兒子，臨危驚恐無助。《後來》傑米也是單親媽媽的兒子，自嘲陰陽眼「不像布魯斯．威利電影演的那樣」。指《鬼店》啟發的《靈異第六感》：八歲男童飽受鬼魂騷擾，難以啟齒，連媽媽都無法理解他。兒童心理醫師布魯斯．威利原本不相信他看得見鬼，證實後合作幫女童冤魂緝凶，男童也因此和媽媽言歸於好。

布魯斯．威利的角色是「好爸爸」，內疚未能阻止舊個案男童自殺，以幫助新個案主角來贖罪、雨過天青。傑米說「不像那樣」是怎樣？傑米身邊的大人們，傷痛從未復原，工作成癮、酗酒失能，成了「壞爸爸」。只有鄰家老人來當「好爸爸」幫傑米，就像史蒂芬．金《勿忘我》〈穿黃外套的下等人〉的鄰家老人。童話主角遇到挑戰，總有好仙子、年老智者或動物教他破除詛咒。這個封閉家庭無法單靠自己獲救。

媽媽不說傑米的父親是誰，他好奇，也渴望有父親。等媽媽交了女友麗茲，麗茲衝動、剽悍，陪傑米玩都像父子般玩得粗暴，搔癢讓傑米大笑喊救命，她會是傑米夢想中的爸爸嗎？

第二把鑰匙，是孩子的照顧者成了秘密暴君。

史蒂芬．金一九八三年的《寵物墳場》：愛犬被車撞死了，埋在印第安人祖傳墳場，意外復活變了怪物；接著兒子死了，爸爸鋌而走險，去埋在同一個地方，讓兒子復活。寵物墳場在二〇〇七年美劇《靈指神探》（Pushing Daisies）中，變成主角奈德的手指。奈德九歲時，愛犬被車撞死，但他一觸之下，狗復活了。接著媽媽腦溢血猝死，也因他一觸復活。同時鄰家卻死了爸爸，女兒痛哭。原來超過一分鐘，就會產生替死鬼。他不慎又碰到媽媽，這次媽媽死了無法再生。他兩邊全搞砸了。

背景設定「死人不說謊」，如電影《全面啟動》設定人一睡著就撒不了謊。《靈指神探》奈德二十三歲時打工領破案懸賞：到停屍間伸手一觸，讓凶案死者復活，問凶手線索，一分鐘內再觸讓死者復死。但這次死者卻是當年喪父的鄰居女孩，奈德救回她，彌補童年誤殺她父親之罪。兩人熱戀，但奈德若碰到她，她又會死，所以情侶只能隔著手套牽手、在隔板後接吻。愛犬復活後，他也只能拿橡膠假手摸狗。他恨萬聖節，因為是爸爸拋棄他離家的日子……愛情喜劇笑料掩護童年受創的冷漠，渴望親密，又恐懼、懷疑，若即若離。表面隱瞞超能力，實際是怕揭露情緒。表現於他不能碰心愛的人或狗，一碰就會失去，重演童年遭爸媽遺棄。

像回應《靈指神探》，《後來》的男孩同樣壓抑，反覆寫傑米不贊同大人的話，內心回以嘲諷，乖乖把話吞回肚子裡，以免對方不爽，光是字面上寫他「不說」就達十四次之多。傑米心裡苦，傑米不說。不說誰知道呢？傑米會從媽媽、麗茲的反應，猜到自己的表情已出賣了他。就像女神卡卡〈撲克臉〉描述的心理戰，媽媽、麗茲隨時偵測傑米，看穿偽裝；傑米也在對大人反偵測。但傑米不知道自己很乖，因為他聽到的全是內心嘲諷大人，還以為自己叛逆。他乖是因為爸媽很好；或說了爸媽也不理他，反抗也沒用？軟硬兩者都有。

媽媽不提傑米的爸爸是誰，他好奇，也渴望有爸爸。媽媽的女友麗茲，後來強迫傑米額外承擔責任，墮落成了「壞爸爸」。麗茲的權力不只來自拿槍逼傑米，也來自貼心想到傑米餓或渴了，替他準備飲食。讓傑米回想就心軟讓步。

全書前半部，傑米一再強調媽媽溫柔關切，遇事拉著他的手臂安慰他，用手梳兒子頭髮，搓他的頭髮。後半部寫麗茲強迫傑米幫忙，也一再強調她拉著傑米的手臂。前半寫麗茲陪傑米坐在客廳地板玩鬧，揉他頭髮；後半寫強迫傑米後，揉他頭髮和解。拉手臂、玩頭髮，親密動作的重覆，重疊了兩女的形象，點出「壞爸爸」麗茲是媽媽的黑暗面。酗酒前是慈母、暖男，酗酒崩潰就往下一階，「好媽媽」變成「壞爸爸」。

一旦傑米「不說」，就不會去想為什麼。即使朝夕相處，也能對矛盾「視而不見」。死亡是封印真相，小說卻讓他「看得見」鬼，向死者問出真相。即使生前「不說」，死了就會坦白。原來鬼魂就是秘密，是人生黑暗面。最後一案神來之筆的解謎，讀者錯愕又難以釋懷。看似突兀，和全書其他部分無關，卻又力量飽滿。為什麼？真的無關嗎？

《鬼店》、《靈異第六感》的冤魂，是被害人。《靈指神探》的死者雖是被害人，但有人的死因是曾害死別人。《後來》的變奏，神就神在這身分一轉：前半的兩個案子，都起於死者的無心之失，意外導致生者困擾。來到後半的兩個案子，死者竟換成了加害人，起於有心之過。案件始於黑色喜劇，鄰居老婦穿性感透明睡衣死狀不雅，宅男自閉只對感興趣的事喋喋不休，傑米尷尬，觀眾噗哧；進入車禍、自殺，死狀一次比一次悽慘；再轉為行凶自娛。不著痕跡循序漸進，就像從孩童酣歡遊戲的日常客廳，走下通往案發地窖的樓梯，一步步走進黑暗。最後解謎圖窮匕見，原來各案都在鋪陳結尾，回答傑米一直「不說」的孤獨疑問：我的人生為什麼會跟別人不一樣？是別人無心還是惡意？

傑米為什麼凡事「不說」？回顧媽媽得知傑米看得見鬼後，私下告訴他：「不要跟其他人講，只能告訴我，也許連我也不要說。」這是媽媽把自己的「不說」傳給傑米世襲。有兩次，小說寫媽媽安撫兒子時，用手梳兒子的頭髮；過一陣子讀者看到，她心亂時也用手梳自己頭髮。她把安撫自己的方法用來安撫兒子，私下這段話也教兒子：第一，給別人添亂的事，別人一定不想聽，不准傑米說。第二，「好媽媽」該吸收孩子的煩惱，變成好事再還給孩子。但現實中的媽媽自知已達極限，表面親切，但傑米真正的煩惱她承擔不起、拒收，別再向她求助。

讀畢全書，讀者會想，是否媽媽童年受創時，外婆也告訴她「連我也不要說」，沒幫忙反而落井下石。是所有人一定不聽、不幫她？是外婆不想聽。導致媽媽只能壓抑委屈，轉而依賴傷害她的人。媽媽無法再信任男人，也無法不依賴酗酒、當個工作狂逃避內心衝突。

小說寫傑米經歷的強迫，是寫媽媽童年經歷的強迫。成長是什麼？孩子看待大人，是滿足孩子需求的客體，給孩子快樂安心。所以有時爸媽無心之失、或逼孩子聽話，孩子也會信賴爸媽而認同。成長，是孩子學會了，成人的善意時有極限，有時甚至藏有惡意。本書的成長，是傑米認識到成人有「安慰、照顧者」和「加害者」雙面，接受善惡並存，恢復安全感。

有人說，幸運者以童年治癒一生，不幸者以一生治癒童年。裸眼看日蝕會害你瞎眼，《後來》像讓你隔著它看日蝕的墨玻璃，陪伴我們凝視那燦爛燃燒又刺目的童年痛點。

來自各界的好評！

一部分是偵探故事，一部分是驚悚小說……感人而真摯。

——《紐約時報》

文筆乾淨俐落，令人回味無窮……犯罪事件推動劇情，某些文字令人屏息……說故事大師會好好帶你走上一遭。

——《華盛頓郵報》

血腥又令人不安，這本轉折不斷又令人膽顫心驚的驚悚小說充滿罪惡與揭示，讀者會跟著動作戲碼直達令人上氣不接下氣的最後一頁。史蒂芬．金的書迷一定會喜歡。

——《出版家週刊》

渴望來一場緊張刺激的文字饗宴，卻沒時間讀史蒂芬．金的史詩巨作？這本睡前就可以解決，是說看完你也睡不著了。

——《寇克斯評論》

史蒂芬．金擁有無與倫比的故事感……他是天賦異稟的作家，文筆充滿情感，同時也很深刻，文字掌控得宜，不會妨礙故事的進展……我（與其他百萬讀者）迫不及待想看他接下來要說的故事。

——作家／雷利．皮爾森

結合了不同類型的恐怖小說，包括纖細敏感的成長故事，以及老派的犯罪驚悚小說，是一部迎合大眾口味的混合題材之作。

——《書單》雜誌重點書評

無論是肉眼可見的惡魔，還是隱身在黑暗中的惡魔，這是一個直面惡魔的大快人心故事。

——Foreword Reviews書評網站

《後來》再度證明史蒂芬．金能夠以簡單、引人入勝的手法講好一個故事。娛樂性強，令人深思，務必將本書加入你的年度閱讀清單。

——《紐約書籍期刊》

《後來》是一則恐怖故事，也是絕佳的驚悚故事，出自大師之手。

——《衛報》

史蒂芬．金的慣用元素與把戲運用到極致：友善的對話、歪斜的世界觀、升高的緊張局勢、純粹的邪惡等等。

——《費城詢問者報》

史蒂芬．金創造類型，重新塑造，然後跨出這份成就……史蒂芬．金跟馬克．吐溫一樣，都是美國天才。

——作家／克雷格．艾爾斯

他是說故事的大師。湊在他點起文學營火的書頁前面，他會編織出一則離奇又精采的故事。

——《休士頓紀事報》

史蒂芬・金超越了我們的期待，留下陶醉的我們，期待下一本充滿轉折的作品。

——《波士頓環球報》

罕見結合了閃閃發光的文筆、引人深思的主題，及大師的說故事手法。

——《聖地牙哥聯合論壇報》

優秀，帶有心理色彩……眾所皆知，史蒂芬・金是美國的超自然恐怖大師，你也許會忘記他真正的才華展露在最不起眼的日常生活描述之中。

——《紐約時報書評》

史蒂芬・金寫了……一部小說感人又揪心，跟鬧鬼一樣糾纏著你……是他至今最清新也嚇人的作品。

——《娛樂週刊》

栩栩如生……一齣令人印象深刻的絕佳好戲，令讀者全神貫注的纖細角色剖析。

——《花花公子》雜誌

這本書逮住你、纏住你，就是不肯放手……逼得你一頁一頁讀下去。

——《查塔諾加時報》

獻給克里斯·洛茲

「明日何其多。」

——演員麥克・蘭登（Michael Landon）

出現在彎道另一端的是馬斯頓的房子，很像你在電影裡會看到的好萊塢山區豪宅，很大，又整個凸出去。面向我們的這一側整面都是玻璃。

「由海洛因打造的豪宅。」麗茲的語氣聽起來很惡毒。

又拐了一個彎，我們來到房子前面鋪著石板的庭院。麗茲繞過去，我看到一個人站在可以停兩輛車的車庫前面，馬斯頓的名車就在裡頭。我正要開口問那人是不是看門人泰迪，結果我就看到這個人沒了嘴巴。

從他原本嘴巴位置的紅色大洞看來，他是死於非命。

我說過了，這是一則恐怖故事……

我不喜歡以道歉開頭（大概有規矩禁止這種事，就跟介系詞不能放句尾一樣），但在看了我目前寫好的三十頁文字後，我覺得我真的該道歉。因為一個詞一直出現，四個字母組成的髒字我都是跟媽媽學的，很小就開始用（你晚點就會明白了），但這個詞由五個字母組成，就是「後來」（later），會出現在「後來的事」、「後來我才發現」，以及「一直到了後來我才曉得」這種句子裡。我知道這個詞一直重複，但我別無選擇，因為故事開始的時候，我還相信聖誕老人與牙仙子（但就算六歲，我也質疑過）。我現在已經二十二歲了，這樣的確算是「後來」了，對不對？我猜等到我四十歲之後（我總假設我撐得到這年紀），回顧起我二十二歲時所了解的一切，我就會知道這其實根本沒什麼。我現在曉得，「後來」一直都在。至少到我們死前都可以用這個字眼，之後我猜就剩「先前」了。

我叫傑米．康克林，我曾把感恩節火雞畫成貓咪的屁股，後來（沒有多後來），我發現它看起來更像從貓咪屁股拉出來的東西。有時真相真的爛透了。

我想這是一則恐怖故事，繼續看下去吧。

1

放學後，我跟媽媽一起回家，我牽著她的手。另一隻手抓著我的火雞，這是小學一年級感恩節前上課日畫的。我的作品讓我很自豪，基本上我興奮極了。看好了，你要做的就是把手放在圖畫紙上，用蠟筆描出手掌的形狀，這樣就有尾巴跟身體，頭呢？頭你就要自行發揮了。

我拿我的圖畫給媽媽看，她開始「嗯哼、嗯哼、好棒棒」，但我覺得她根本沒有仔細看。她大概在想她正要賣出去的書，她說這叫「推銷商品」。你知道，媽媽是文學經紀人，原本擔任這工作的人是她哥，我的哈利舅舅，但在我提到這段往事的前一年，媽媽接下了他的工作。整個過程基本上是一則令人不悅的長篇大論。

我說：「我用森林綠，妳知道，因為我最喜歡這個顏色。」此時我們已經快到家了，學校跟我家只距離三個街廓。

她還在「嗯哼、嗯哼」，說：「小鬼頭，到家後，你可以玩一下，或看《小博士邦尼》、《魔法校車》。我有一堆電話要打。」

所以換我開始「嗯哼、嗯哼」，我因此被戳了一下，還得到一個微笑。我喜歡逗我媽笑，因為就算我才六歲，我也知道她看待世界的態度非常嚴肅。後來，我才曉得其中的一部分原因是因為我，她覺得自己可能生了一個瘋兒子。我告訴你這件事發生的當天，她才確定我沒瘋，她也許因此鬆了口氣，也許沒有。

這天更晚的時候，她對我說：「你不要跟其他人講這件事，只能告訴我，也許連我也不要說。小鬼頭，好嗎？」

我說好。因為你還小，而對方是你媽的時候，你只能什麼都說好。當然，除非她是在說該上床了，或快把花椰菜吃掉。

我們到家時，電梯還沒修好。你可以說，如果電梯沒壞，事情也許會有不同的發展，但我覺得不會。人家說生命的重點在於我們作的選擇，以及我們選擇的道路，我覺得這種話根本就是在放屁。因為，你看好了，無論是搭電梯或走樓梯，我們都會抵達三樓。當命運無情的手指指向你的時候，所有的道路都會通往同一個地方，我是這樣想的。等我年紀大一點，也許我會改變，但我真的不這麼想。

「去他媽的爛電梯。」媽媽說，然後又說：「小鬼頭，你沒聽到喔。」

「聽到什麼？」我說，這話讓我贏得另一個微笑。我這就告訴你，這是今天下午她最後一次笑。我問她要不要幫她提袋子，她的袋子裡永遠會有一份手稿，今天是很大一份，看起來有五百頁那麼厚（如果天氣好，媽媽等我放學時，就會在長椅上讀）。她說：「真貼心，但我是怎麼說的？」

「你必須自己背負生命的重擔。」我說。

「對極了。」

「是雷吉．湯瑪斯嗎？」我問。

「沒錯，就是老傢伙雷吉，咱們的房租多虧有他。」

「是雷亞納克的故事？」

「傑米，這還要問嗎？」這話讓我不懷好意地笑了起來。老傢伙雷吉寫的一切都跟雷亞納克有關，那就是他背負的生命重擔。

我們爬樓梯到三樓，走廊盡頭總共有三間公寓，其中一戶是我們家，我們家是最漂亮的。博奇特夫婦站在三A外頭，我當下就知道事情有異，因為博奇特先生正在抽菸，我以前沒看過他抽，而且我們大樓禁止抽菸。他眼睛泛紅，頭髮翹得亂七八糟。我都叫他先生，但他其實是博奇特教授，他在紐約大學教很厲害的東西，我後來才知道是英國與歐洲文學。博奇特太太穿著睡衣，打著赤腳。睡衣很薄，她那些地方我都看得一清二楚。

我媽說：「馬帝，怎麼了？」

在他能夠開口之前，我就讓他看我的火雞。因為他看起來很悲傷，我想讓他開心起來，但同時也是因為我很自豪。「看，博奇特先生！我畫了火雞。妳看，博奇特太太！」我高舉畫作讓她看，因為我不希望讓她覺得我在看她的那些地方。

博奇特先生沒搭理我。我覺得他可能根本沒聽到我說話。「緹雅，我有個壞消息。夢娜今早過世了。」

我媽手裡的袋子掉到雙腳之間的地上，她用手遮住嘴巴。「噢，不！快告訴我這不是真的！」

他哭了起來。「她夜裡醒來，說想喝水。我睡回去，今早看到她躺在沙發上，毯子拉到下巴，我躡手躡腳進廚房泡咖啡，因為我想說，愉悅的咖啡香可、可以喚醒……喚醒……」

他真的講不下去。媽媽用手臂摟住他，就跟我受傷的時候她摟住我一樣，但博奇特先生已經一百歲了（後來我發現他才七十四歲）。

此時博奇特太太對我開口。聽不太清楚，但不會很吃力，因為她還很「新鮮」。她說：「傑米，火雞不是綠色的。」

「我的是啊。」我說。

我媽還抱著博奇特先生，有點在搖晃他。他們沒聽到她講話，因為他們聽不到，而他們沒聽到我講話，因為他們在忙大人的事：媽媽負責提供安慰，博奇特先生在胡言亂語。

博奇特先生說：「我打電話給亞倫醫生，說她可能中『轟』了。」至少我聽到的是這樣，他哭哭啼啼的，實在聽不清楚。「他聯絡了葬儀社，他們帶走了她。沒有她，我不曉得該怎麼辦。」

博奇特太太說：「我丈夫如果不小心一點，香菸就會燒到你媽的頭髮了。」的確如此，我聞到毛髮燒焦的味道，那種美容院才會有的味道。媽媽很客氣，沒有說什麼，但她逼他放開她，她從他手裡接過香菸，扔在地上，一腳踩熄。我知道這是不對的行為，根本是在亂丟垃圾，但我什麼也沒說。我懂現在狀況特殊。

我曉得我繼續跟博奇特太太交談會嚇死他，也會嚇死媽媽。就算是小孩，也懂些基本的東西，畢竟我又不是關在閣樓裡的瘋小孩。你要說請、謝謝，不能在大庭廣眾下亂露雞雞，咀嚼時閉著嘴巴，當死人站在想念他們的活人旁邊時，不要跟死人講話。我就想替自己講一句，我看到她的時候根本不曉得她已經死了。後來我才學會分辨，但這時我還在學習而已。我能夠看穿的是她的睡衣，不是她。死人看起來跟活人沒有兩樣，只不過他們會一直穿著斷氣時的衣服。

同一時間，博奇特先生則把狀況拼拼湊湊再講一遍。他告訴我媽，他坐在沙發旁邊的地板上，牽著他妻子的手，直到醫生抵達，然後禮儀師也來了，把她運走。他用的字眼是「就此啟程」，我聽不懂，媽媽後來有跟我解釋。而且，一開始我以為他說的是「理髮師」，因為他把媽媽頭髮弄燒焦的氣味還沒散去。他原本已經哭得差不多，但現在又大哭了起來。「她的戒指不見了。」他抽噎地說。「婚戒跟訂婚的大鑽戒都不見了。我找過她那邊的床邊桌，她通常都會放在那裡，因為她要擦那個很臭的關節炎乳霜……」

「真的很臭。」博奇特太太坦言。「綿羊油基本上是羊的消毒液，但真的很有用。」

我點頭，表示我懂，但我什麼也沒說。

「還有廁所的洗手台，因為有時她會放在那邊……我到處都找過了。」

「會出現的。」媽媽安慰道，現在她的頭髮安全了，她又用手摟住博奇特先生。「戒指會出現的，馬帝，這你不用擔心。」

「我好想她！我已經開始想念她了！」

博奇特太太在面前翻起手掌。「我給他六個月，之後他就會約德洛蕊絲．馬高文出去。」

博奇特先生還在胡言亂語，我媽盡力安慰他，就跟我跌傷膝蓋或我想替她泡茶卻被熱水燙到時，她安慰我的方式一樣。講很多話，換句話說，我能夠把握機會，但還是得壓低聲音。

「博奇特太太，妳那兩枚戒指在哪?妳知道嗎?」

人死了就不能說謊了。六歲的時候我並不清楚這點，我只是假設大人無論死活，都會說實話。當然，那時我還相信《三隻熊》故事裡的金髮女孩是真人，想說我笨就說吧，至少我知道那三隻熊並沒有真的開口交談。

「玄關儲藏櫃的最上面一層。」她說。「最裡面，剪貼簿後面。」

「怎麼會在那裡?」我問，媽媽用詭異的眼神看了我一眼。就她所知，我是在對空蕩蕩的門口講話……但那時她已經知道我異於常人了。在中央公園事件之後，不是什麼好事（我晚點會談），我有次聽到她跟某位編輯朋友在電話裡說我很怪（fey），我真是嚇到了，因為我以為她是在說，她要把我的名字改成「菲」（Fay），而這是女生的名字。

「我完全不曉得為什麼。」博奇特太太說。「我猜那時我已經中風了，我的思緒全淹沒在血液之中。」

思緒淹沒在血液之中，我永遠也忘不了這句話。

媽媽問博奇特先生要不要來我們家喝杯茶（「或更烈的東西」），但他拒絕了，他要繼續找他老婆失蹤的戒指。她問要不要幫他叫外送的中式料理，這是我媽計畫好的晚餐，他說：那樣很棒，謝謝妳，緹雅。

我媽說不用客氣（基本上她講這話的頻率跟嗯哼、嗯哼、好棒棒差不多），然後她說我們大概六點送過來，除非他想跟我們一起吃，非常歡迎。他說不了，他想在自家吃飯，但他希望我們可以跟他一起用餐。只不過，他說的是「我們家」，彷彿博奇特太太還活著一樣。雖然她還在，但她已經死了。

「那時你一定就找到她的戒指了。」媽媽牽起我的手。「走吧，傑米，我們晚點再來找博奇特先生，但現在我們先別打擾他了。」

博奇特太太說：「傑米，火雞不是綠色的，而且那看起來根本不像火雞，反而像一團有手指伸出來的東西，你不是林布蘭。」

死人只能說實話，你想知道答案的時候，這樣沒差，但我剛說，真相可能爛透了。我想對她生氣，但這時她開始哭，我就生不了氣了。她轉頭面向博奇特先生，說：「現在誰來幫你檢查皮帶有沒有穿過後腰的皮帶環？德洛蕊絲・馬高文？我真該笑一笑，親吻癲蛤蟆。」然後她吻他的臉頰……或該說，吻上他的臉頰？我實在不曉得哪一個說法比較好。「馬帝，我愛你，我還愛你。」

博奇特先生伸手抓了抓她嘴唇碰觸他的位置，彷彿那裡會癢一樣。我猜他以為那裡只是癢癢的而已。

2

所以，對，我看得見死人。就我有印象以來，我一直都看得到，但不像布魯斯・威利（Bruce Willis）電影裡演的那樣。有時很有趣，有時很嚇人（好比說中央公園的老兄），有時真的很要命，但多數時候就只是看得見而已。有點像左撇子，有點像三歲的時候就能演奏古典音樂，或罹患早發性阿茲海默症，我的哈利舅舅就是這樣，發病時他才四十二歲。四十二歲感覺很老，但就算我才六歲，我也曉得在這年紀就不知道自己是誰也太早了，或是記不得東西的名稱。不知為何我們去見哈利舅舅的時候，我覺得這點最可怕。他的思緒沒有淹沒在血液之中，但他的思緒還是沉沒了。

我跟媽媽拖著腳步走到三C，媽媽開門讓我們進屋，很花時間，因為門上有三道鎖。她說這是品味生活的代價。我們當時住在看得到大道景觀的六房大公寓裡，媽媽說那叫公園皇宮，打掃阿姨一個禮拜會來兩次。媽媽有一輛Range Rover豪華休旅車，停在曼哈頓東區的第二大道車庫裡，有時，我們會去舅舅位於南安普頓史畢揚克的房子。多虧雷吉．湯瑪斯跟其他幾位作家（但主要還是因為老傢伙雷吉），我們得以過上奢華的生活。那種日子沒有撐多久，我等等就會提到令人沮喪的發展。現在回想起來，我有時會覺得我的人生彷彿是加了髒話的狄更斯小說。

媽媽把她放手稿的袋子跟皮包扔在沙發上，坐了下來。沙發發出放屁的聲音，通常都會惹我們大笑，但今天沒有。「真他媽的。」媽媽說，然後伸手比出「等等」的姿勢。「你……」

「我沒聽到，沒。」我說。

「很好，我真該戴個電擊項圈還是什麼的，每次只要在你面前講髒話就電一下，這樣我就會學乖了。」她下唇凸出，朝劉海噴氣。「雷吉的新書我還有兩百頁要看……」

「書名是什麼？」我問，知道肯定會有「雷亞納克」在裡面，每一本都有。

「《雷亞納克的鬼魅少女》。」她說。「寫得比較好，很多性……很多親吻跟擁抱。」

我皺皺鼻子。

「抱歉啦，小鬼頭，但女性就喜歡這些怦然心動的橋段跟曬紅的大腿。」她望向擺著《雷亞納克的鬼魅少女》的袋子，手稿用六或八條橡皮筋圈起來，橡皮筋總有一條會斷掉，媽媽就足以搬出她最厲害的髒話。很多髒話我到現在還是會用。「此刻我什麼也不想做，只想喝杯好酒，也許喝完一整瓶吧。夢娜．博奇特超級愛挑剔，少了她，教授的生活會比較快活，但他老人家現在很難過。我只希望他有親戚，因為我不想成為安慰組的組長。」

「她也很愛她丈夫。」我說。

媽媽用詭異的目光看了我一眼。「是嗎？你是這麼想的？」

「我知道，她講我的火雞講得很難聽，但之後她又親吻了他的臉頰。」

「傑米，這是你幻想出來的。」她說，但態度不是很認真。此時她已經心裡有底了，我很清楚，但要大人相信真的不簡單，我這就告訴你原因。當他們小時候發現聖誕老人是假的，金髮女孩不是真人，而復活節兔子只是鬼扯的時候（就舉三個例子，要的話我可以繼續列下去），他們因此產生了一種情結——無法相信任何眼睛看不到的東西。

「不是，不是幻想。她說我永遠成不了林布蘭。他是誰？」

「一位藝術家。」她又吹起她的劉海。我不曉得她為什麼不把劉海剪掉，或換個髮型。她明明就可以，因為她長得很漂亮。

「我們過去吃飯的時候，你不准跟博奇特提這些你以為你看到的東西。」

「好。」我說。「但博奇特太太說得對，我的火雞真的很醜。」我很難過。

我猜我的心情展現在臉上，因為她伸出雙臂。「小鬼頭，過來。」

我走上前去擁抱她。

「你的火雞很漂亮，我這輩子沒見過這麼漂亮的火雞。我要把你的畫貼在冰箱上，它會永遠待在那裡。」

我緊抱著她，臉才能埋進她肩膀的凹陷處，嗅聞她的香水味。「媽，我愛妳。」

「傑米，我也愛你，一百萬倍。現在去玩或去看電視吧。我得打幾通電話，然後點外賣。」

「好。」我正要回房，但停下腳步。「她把戒指擺在玄關儲藏櫃最上面，剪貼簿後面。」

我媽望著我，嘴巴大開。「為什麼會擺在那裡？」

「我問她，她說她不知道。她說那時她的思緒淹沒在血液之中了。」

「噢，我的天啊。」媽媽低聲地說，手壓在頸子上。

「我們吃中式料理的時候，妳得想個辦法跟他說，他才不會繼續煩惱。可以點左宗棠雞嗎？」

「可以。」她說。「吃糙米，不要吃白飯。」

「好棒棒啦。」我說，然後去玩我的樂高積木，我在組機器人。

3

博奇特家的公寓比較小，但很精緻。晚餐後，我們正在拆幸運餅乾（我抽到「一根羽毛在手，好過一隻飛鳥在林」，根本說不通好嗎），媽媽說：「馬帝，櫃子你都檢查過了嗎？我是說，找她的戒指？」

「她為什麼要把戒指放在櫃子裡？」非常合理的問題。

「這個嘛，如果她中風，她很可能沒辦法好好思考。」

我們坐在廚房一角的小圓桌吃飯。博奇特太太坐在檯子旁邊的高腳椅上，對著媽媽的話猛點頭。

「也許我會看看吧。」博奇特先生說，講得有夠含糊。「現在我好累，好難過。」

「你進臥房時再找。」媽媽說。「我現在就去玄關的櫃子看看。吃了這麼多咕咾肉，稍微伸展一下不錯。」

博奇特太太說：「這話是她自己想出來的？我都不知道她這麼聰明。」要聽她說話已經很吃力了，再過一陣子，我就聽不見她講話了，只能看到她嘴巴在動，彷彿厚厚的玻璃牆面隔開我們一樣。之後她很快就會消失了。

「我媽很聰明。」我說。

「我沒說她笨。」博奇特先生說。「但如果她在玄關儲物櫃裡找到那兩枚戒指，我就把我的帽子吃掉。」

說時遲，那時快，我媽說：「賓果！」然後回來，攤開的手掌裡擺著兩枚戒指。結婚戒指滿普通的，但訂婚戒指的鑽石跟眼珠子一樣大，相當璀璨。

「噢，我的天啊。」博奇特先生高呼。「這是怎麼……？」

「我向庇佑失誤的聖人聖安多尼祈禱。」媽媽說，但她望了我一眼，露出微笑。

「『老多、老多幫幫忙，失物到底在何方？』你看看，多管用。」

我考慮要不要問博奇特先生，他的帽子要加鹽跟胡椒嗎？但我沒開口。現在不是開玩笑的時候，再說，我媽總是這麼說——自作聰明的人最討厭了。

4

葬禮在三天後舉行，這是我第一次參加葬禮，有意思，但稱不上好玩。至少媽媽不用擔任安慰組組長，博奇特先生還有弟弟跟妹妹可以搞定。他們也很老，但沒他那麼老。博奇特先生全程都在哭，他妹妹一直把面紙遞給他。她的包包裡好像塞滿了面紙，還有空間放別的東西真是讓我驚訝。

那天晚上，我跟媽媽吃達美樂的披薩。她喝紅酒，我喝酷愛飲料（Kool-Aid），作為在葬禮上表現良好的獎勵。我們吃到最後一片的時候，她問起，我覺得博奇特太太今天在場嗎？

「在啊，她坐在前往牧師跟她朋友交談地方的階梯上。」

「那叫布道壇，你可以……」她拿起最後一塊披薩，看了看，又放下，反而望著我。「你可以看穿她嗎？」

「妳是說就跟鬼片演的一樣？」

「對，我猜就是這個意思。」

「不行，她還在，但穿著她的睡衣。看到她我很意外，因為她是三天前死的。他們通常不會待這麼久。」

「他們之後就消失了？」她好像是想搞清楚狀況一樣。我感覺得出來她不想談這件事，但我很慶幸她開了這個頭，讓我鬆了口氣。

「對啊。」

「傑米，她那時在幹嘛？」

「就坐在那裡，對自己的棺材看了一、兩眼，但主要是在看他。」

「看博奇特先生，馬帝。」

「對，她一度開口說話，但我聽不見了。他們死掉以後聲音很快就會消失，好像是把車上收音機的聲音轉小一樣。過一下之後，就完全聽不見他們講話了。」

「然後他們會消失。」

「對。」我說。我喉嚨裡有一種卡卡的感覺，所以我把剩下的酷愛飲料喝完。「消失。」

「幫我收拾。」她說。「如果你想看，我們等等可以看一集《火炬木》

(Torchwood)影集。」

「耶，酷耶！」就我看來，《火炬木》其實不太酷，但能夠比平常晚一個小時上床睡覺才夠酷。

「好，只要你知道這不是常態就好，但首先我得告訴你一件事，非常重要的事情。我要你仔細聽，非常仔細。」

「好。」

她單膝下跪，這樣她的臉才跟我差不多高度，她用溫柔也堅定的雙手握著我的肩膀。「傑米，你看得見死人的事，千萬不要說出去，絕對不能說。」

「反正人家也不會相信我，妳之前就不信。」

「我信一點點。」她說。「自從中央公園那天起我就信了，你還記得那天嗎？」她吹起劉海。「你當然記得，你怎麼忘得了？」

「我記得。」我只希望我早忘了。

她還跪在地上，與我四目相視。「是這樣的，其他人不信是件好事，但哪天難保有人會信。然後就會傳起不該講的話，或讓你置身危險之中。」

「為什麼？」

「古語有云，死無對證，傑米，但他們能跟你交談，對不對？死掉的男人與女人。你說他們必須回答問題，提供真實的答案。彷彿死亡是打了一劑硫噴妥鈉這種吐實劑一樣。」

我完全聽不懂那是什麼，她肯定是看出來了，因為她說別放在心上，反而要我回想我問起博奇特太太戒指在哪的時候。

「所以呢？」我問。我喜歡親近我媽，但我不喜歡她用這麼緊張的神情看著我。

「那兩個戒指很貴重，特別是訂婚戒指。傑米，人會帶著秘密死去，而總會有人想了解這些秘密的內容。我不是想嚇你，但有時驚嚇是唯一能夠成功的教訓。」

我心想，就跟中央公園男人帶來的教訓是騎單車要小心、記得戴安全帽一樣……但我沒說出來。

「我不會講出去的。」我說。

「誰都別說，但如果有必要的話，只能跟我說。」

「好。」

「很好，我們有共識了。」

她起身，我們去客廳看電視。影集結束時，我刷牙、尿尿、洗手。媽媽送我上床，吻我，然後跟平常一樣說：「好好睡，香香睡，衣服褲子都歸位。」

通常這都是我每天最後一次看到她，下次見面就是隔天早晨了。我會聽到玻璃杯的碰撞聲，她會倒起第二杯（或第三杯）紅酒，然後把爵士樂調到很小聲，開始讀手稿。只不過，我覺得母親總有不知道的神秘第幾感，那天晚上，她後來進房坐在我床邊。也許是聽到我在哭吧，但我已經盡量哭得很小聲了。因為，如她經常掛在嘴邊的那句話——能夠成為解答就不要當問題。

「傑米，怎麼了？」她把我的頭髮往後梳。「你想到葬禮嗎？還是想到博奇特太太也在場？」

「媽，如果妳死掉，我會怎麼樣？我得去孤兒院嗎？」因為我肯定不會跟哈利舅舅一起住。

「當然不會。」媽媽持續梳著我的頭髮。「而且這個問題有待商榷，傑米，因為我還會活上好一陣子，我才三十五歲，這代表我還有大半個人生。」

「要是妳得了哈利舅舅那種病，必須跟他住在同一個地方怎麼辦？」淚水沿著我的臉龐滴落。她撫摸我的額頭讓我感覺好一點，但我也因此哭得更慘了，誰曉得為什麼。

「那裡聞起來很臭，那裡聞起來像尿尿！」

「那種事情發生的機率非常小，小到你把機率放在螞蟻旁邊，螞蟻都跟哥吉拉一樣大。」她說。這話讓我發笑，感覺好一點了。現在我長大了，我才曉得她要嘛是在說謊，要嘛是資訊不正確，因為導致哈利舅舅狀況（早發性阿茲海默症）的基因繞過了她，真是謝天謝地。

「我不會死，你也不會死，我覺得你的神奇能力應該會隨著你長大而逐漸消失，所以……我們好了嗎？」

「好了。」

「傑米，別再哭了，好好睡……」

「香香睡，衣服褲子都歸位。」我替她講完。

「嗯哼、嗯哼。」她親吻我的額頭，然後離開。她留了一點門縫，她每次都這樣。

我不想告訴她，害我哭的不是葬禮，也不是博奇特太太，因為她又不恐怖。他們大多不恐怖，但中央公園的腳踏車騎士把我嚇得要死。他很噁心，嚇死人了。

5

我們當時正在八十六街上，要去布朗克斯的波丘園，我的一位幼稚園朋友在那裡舉辦生日派對（媽媽說：「提到寵壞小孩喔。」）。要給莉莉的禮物擱在我的大腿上。我們轉了彎，看到一群人站在街邊。車禍一定剛發生。一個男人倒在地上，身軀一半在馬路上，一半躺在人行道上，旁邊還有一輛扭曲變形的腳踏車。有人用外套遮住他的上半身，他的下半身則穿了黑色的單車褲，側邊還有紅色的條紋，他一腿戴著護膝，運動鞋上有血，襪子跟腿上也都是血。我們聽到接近的警笛聲。

站在他旁邊的人就是他自己，穿著同一條單車短褲，戴著同一塊護膝。他的白髮上也有血，他的臉從中間凹陷進去，我覺得那是因為他一頭栽在路緣石上。他的鼻子裂成兩半，嘴巴也是。

車輛都停了下來，我媽說：「眼睛閉起來。」她眼裡看到的當然是躺在地上的那個人。

「他死了！」我開始哭。「那個男人死了！」

我們的車停了下來，不得不停，因為前面的車都沒有移動。

「不，他沒死。」媽媽說。「他只是睡著了，撞到頭的時候就會這樣。他會沒事的。現在眼睛快閉起來。」

我沒閉。撞死的男人伸手向我揮手，他們知道我看得見，他們都知道。

「他的臉裂成兩半！」

媽媽又看了一眼確認，男人腰部以上都蓋住了，她說：「傑米，別再自己嚇自己了，快把眼睛……」

「他就在那裡！」我指過去，手指在顫抖，全身都在顫抖。「就在那裡，站在他自己旁邊！」

這話嚇著她了，我從她緊閉的雙唇中看得出來。她一手狂按喇叭，另一隻手則按下車窗，開始對著前方的車輛揮手。「快走！」她高喊。「前進！拜託，別再盯著那個人看了！這不是他媽的電影！」

車子一一開走，除了她前面那一輛。那傢伙拉長身子，用手機拍照。媽媽前進，撞擊他的保險桿。他對她比中指。我媽倒車，切去另一條車道離開。我真希望我也對那傢伙比中指，但我實在嚇壞了。

媽媽差點沒看到對面駛來的警車，她連忙把車駛離公園。她快開出去了，此時我解開安全帶。她喊著叫我繫好，但我還是解開了，還按下車窗，跪在坐墊上就探頭出去朝車身嘔吐。我忍不住。我們抵達中央公園西側的時候，媽媽停下車，用襯衫袖子擦我的臉。她之後可能還有穿過那件襯衫，但我不記得了。

「老天啊，傑米。你蒼白得跟鬼一樣。」

「我實在忍不住。」我說。「我從來沒有見過那樣的人，骨頭從他鼻……鼻子上冒出來……」我又噁心了起來，但這次來得及往街上吐，而不是吐在車上。再說，也沒什麼好吐的了。

她撫摸我的後頸，無視某個對我們按喇叭的人（可能是剛剛對我們比中指的傢伙），對方繞過我們。「親愛的，那只是你的想像，有人把他蓋起來了。」

「不是躺在地上的他，是站在旁邊的他，他還對我揮手。」

她望著我好一會兒，好像想說什麼，但她只有扣上我的安全帶。「我想也許我們不該去派對，你覺得這提議如何？」

「很好。」我說。「反正我也不喜歡莉莉，說故事時間她都會偷捏我。」

我們回家。媽媽問我喝不喝得下一杯熱可可，我說可以。我們在客廳一起喝熱可可。莉莉的禮物還在我這邊，那是一個穿著水手服的小娃娃。下禮拜，我把娃娃送給莉莉的時候，她沒有捏我，反而親了我嘴巴一下。有人因此笑我，但我完全不在意。

我們喝熱可可的時候（她可能在她的飲料裡加了料），媽媽說：「我懷你的時候發過誓，永遠不會欺騙我的孩子，所以這麼說吧，對，那個人大概死了。」她停頓了一下。「不，他的確死了。我覺得就算有戴安全帽也救不了他，而且我沒看到安全帽。」

沒錯，他沒有戴安全帽。因為如果他被撞的時候有戴（後來我們才知道撞他的是一輛計程車），他站在自己屍體旁邊時，就會戴著安全帽了。他們會一直穿著死掉時的衣物。

「但，親愛的，你只是想像你看到了他的臉，你沒有親眼看見。有人在他臉上蓋了一件外套，非常好心的人。」

「他穿了一件有燈塔圖案的T恤。」我說。然後我想到另一件事，讓我有點開心，但看過那種景象，一點點開心都算不錯了吧？「至少他已經很老了。」

「你為什麼會這麼說？」她用古怪的眼神看我。現在回想起來，我覺得這時她才開始相信，至少稍微相信。

「除了沾到血的地方以外，他頭髮都是白的。」

我又開始哭。我媽抱著我，搖晃我，我因此睡著。這麼說吧，當你想到嚇死人的鬼東西時，有媽媽在身邊最好了。

《紐約時報》會送到我們家來，吃早餐的時候，我媽會穿著睡袍坐在桌前看報，但在中央公園的男人事件之後隔天，她讀的是她的手稿。早餐吃完，她要我去換衣服，也許我們可以去搭環線觀光遊輪，所以那天肯定是禮拜六。我記得我心想，那是中央公園男人死後的第一個週末。真實的感覺又浮了上來。

我聽她的話穿衣服，但首先，我趁她沖澡的時候跑去她房裡。報紙就擺在床上，攤開的版面是有名到可以登在《紐約時報》上的死掉名人消息。中央公園男人的照片就在上頭，他叫羅伯·哈里森。我四歲時已經有三年級的閱讀能力，我媽很得意，而報導的標題沒有什麼難字，我都看得懂，標題是：燈塔基金會執行長死於交通事故。

這次之後，我又見過另外幾個死人（人家說，「從生命中窺見死亡」真是對到不行），有時我會跟媽媽說，但大多時候我都不說，因為我看得出來她會難過。一直到博奇特太太過世，媽媽在櫃子裡找到她的戒指，我們才又真正提起這件事。

那天晚上，她離開我的房間後，我以為我會睡不著，也許我睡著的時候，我會夢到臉裂開、骨頭從鼻子冒出來的中央公園男人，或是夢到我媽躺在棺材裡，但她也坐在布道壇的階梯上，只有我可以看得到她。不過，就我記得，我那晚根本沒有作夢。隔天早上起床時神清氣爽，媽媽也是，我們跟平常一樣開起玩笑，而她把我的火雞貼在冰箱上，然後用力拍了畫作一下，我們都咯咯笑了起來。之後她走路送我上學，泰特老師跟我們講恐龍的知識，而接下來兩年的生活就跟往常一樣美好，一直到一切分崩離析為止。

6

媽媽發現事情有多糟的時候，我聽到她跟她的編輯朋友安・史戴利在電話裡提到哈利舅舅。媽媽說：「在他腦子不清楚之前，他的腦子就已經壞掉了，我現在終於明白這點。」

六歲的我聽不懂這段話，但那時我已經八歲快九歲了，我明白，至少明白一部分。她是在說她哥惹出來的爛攤子，還把她牽扯進去，這是在早發性阿茲海默症像暗夜裡的小偷劫走他大腦之前的事。

我同意她的說法，當然囉，她是我媽，我們是一個團隊，我們兩人對抗世界。我恨哈利舅舅，害我們陷入這個麻煩之中。一直到後來，可能是我十二歲還是十四歲的時候，我才發現我媽也得負一點責任。她也許能趁來得及的時候抽腿，應該能夠全身而退，但她沒有。她跟康克林版權經紀公司的創辦人哈利舅舅一樣，對書本了解透徹，對金錢卻只有一知半解。

她有過兩次警告，一次來自她的朋友麗茲．道頓。麗茲是紐約市警的警探，也是雷吉．湯瑪斯雷亞納克系列作品的大書迷。媽媽在新書發表會上邂逅麗茲，她們一拍即合，結果卻不是什麼好事。我晚點會聊到，但現在我就只說，麗茲告訴我媽，那個麥肯錫基金收益高得太誇張，肯定「有鬼」。這也許是博奇特太太過世的那段時候，我不太確定，但我知道那是二〇〇八年秋天之前的事，那時的經濟一片死寂，包括我們投入的那一部分。

哈利舅舅以前會在九十號碼頭附近的高級俱樂部打迴力球，那是奢華大船會停靠的地方。他有位一起打球的朋友是百老匯的製作人，跟他說了麥肯錫基金的事。這位朋友說那根本就是取得了印鈔票的資格，哈利舅舅非常信任這位朋友，為什麼不呢？這位朋友製作了不曉得多少部在百老匯上演幾百年的暢銷音樂劇，還在全美各地表演，版稅賺到手軟（我知道版稅是什麼，我是版權經紀人的孩子）。

哈利舅舅研究了一下，跟在那家基金工作的大人物聊了一下（但不是跟詹姆士・麥肯錫他本人聊，因為哈利舅舅只是一盤大棋裡的小人物而已），然後丟了一大筆錢進去。回報相當好，他繼續丟錢，繼續丟。阿茲海默症發病的時候（他走下坡的速度非常快），我媽接下了所有的帳戶，她不只是無法擺脫麥肯錫基金，她甚至弄了更多錢進去。

當時協助我們處理合約問題的律師蒙提・葛里遜不只要她別丟錢進去，還要她在前景看好時抽腿。這是她得到的另一次警告，此時的她才剛接掌康克林版權公司。他也說，如果一個產品看起來美好到不像真的，那可能真的有問題。

我是把我發現的點點滴滴統統解釋給你聽，就跟偷聽媽媽與她編輯朋友的對話一樣。我相信你懂，我也相信不用我多說，你也了解麥肯錫基金就是一場巨大的龐氏騙局。運作方式是麥肯錫與他那群狐群狗黨拿出一堆錢，先讓投資人體驗超高的回報比例，然後從投資人投入的資金中撈油水。基金持續成長的方法就是騙更多新人進來投資，說他們有多特別，因為他們是通過精挑細選之後才能投資的投資人。結果經過「精挑細選」的人有好幾萬人，從百老匯製作人到有錢寡婦都有，只是有錢寡婦一夕之間就不怎麼有錢了。

這種騙局仰賴的就是投資人獲益後開心，除了初期投資，還不斷投入更多金錢進來。一開始運作得還不錯，但二〇〇八年金融海嘯發生時，投資這檔基金的人紛紛要求把錢拿回去，但根本沒有錢可以拿回去。相較於龐氏騙局之王柏納·馬多夫（Bernard Madoff），麥肯錫根本就是個小氣鬼，但他也不遜色啦，在吸金二十億之後，他在麥肯錫帳戶裡的錢只有區區一千五百萬美金。他去坐牢了，真是大快人心，但媽媽有時會說：「憎恨不是日用品，復仇付不起帳單。」

「我們沒事，我們很好。」麥肯錫開始出現在新聞頻道跟《紐約時報》的時候，她都這麼說。「傑米，別擔心。」但她的黑眼圈倒是說明了她很擔心，而她的確有理由擔心。

然後我發現了這件事，媽媽只能動用我們的二十萬資產，其中包含了我跟她的保險。她在負債那一邊的東西有多少，你不會想知道。只要記住，我們家住在公園大道，版權公司在麥迪遜大道上，還有舅舅在安養之家生活的額外費用（我聽到我媽說：「如果那能叫生活的話。」），安養中心位在龐德里奇，光聽名字就覺得貴。

媽媽的第一個動作是關閉麥迪遜大道上的辦公室。之後她在公園皇宮工作了一陣子，她解約了我前面提到的一部分保險（包括她哥的），預付了一點房租，但那些錢也只撐了八到十個月。她出租了哈利舅舅位在史畢揚克的房子。她把休旅車賣了（「傑米，我們住在紐約市，根本不用開車。」她說），還賣了一堆首刷本的藏書，包括湯瑪斯．伍爾夫（Thomas Wolfe）親筆簽名的《天使望故鄉》（Look Homeward, Angel）。她為了這本書而哭，說書以半價出售，因為罕見珍本市場也一塌糊塗，有很多跟她一樣絕望要換現金的賣家。我們的安德魯．魏斯（Andrew Wyeth）畫作也賣了。她每天咒罵詹姆士．麥肯錫的騙局，說他是個搶人錢財、厚顏無恥、顏面掃地、有兩條腿的流血痔瘡。她有時也會罵哈利舅舅幾句，說他年底就會住在垃圾場了，而且他活該。老實說，之後她也責備自己不聽麗茲跟蒙提的話。

「我覺得自己好像玩耍了整個夏天的蚱蜢一樣。」她有天晚上對我說。我想那是二〇〇九年一月或二月的事。那時麗茲偶爾會來過夜，但那天沒有。我也許是在那天第一次注意到媽媽漂亮的紅髮上多了幾絲白髮。也許我會記得是因為她開始哭，輪到我安慰她了，但我只是一個小孩，根本不曉得該怎麼安慰人。

那年夏天，我們搬離公園皇宮，在第十大道租了一間比較小的地方。媽媽說：「不是垃圾場，這地方還不錯。」她也說：「如果要我搬離紐約，除非我死了。那根本是在舉白旗，客戶會跑光。」

版權公司跟我們一起搬家，我們的狀況真的太糟了，原本應該是我房間的地方成了辦公室。連接廚房的小凹室是我的房間，夏天很熱，冬天很冷，但至少聞起來很不錯。我猜這邊本來是食物儲藏室。

她送哈利舅舅去紐澤西貝永的一處機構，還是別提那個地方吧。我猜唯一的好處是可憐的老哈利舅舅根本不曉得自己在哪裡，就算他在比佛利希爾頓酒店，他還是會尿濕褲子。

二〇〇九年跟二〇一〇年我記得的別的事情就是，我媽再也不去給人家做頭髮了，她再也不跟朋友一起吃午餐了，只有必要的時候會跟版權公司的客戶吃飯（因為她負責埋單）。她沒有買很多新衣服，要買也是在打折的地方買。而且她開始喝很多酒，超級多。有些夜晚，她跟她的朋友麗茲（跟你說過，雷吉．湯瑪斯的警探書迷）會喝得酩酊大醉。隔天媽媽會眼睛泛紅，脾氣暴躁，穿著睡衣在她的辦公室裡閒晃。有時，她會唱起歌來：「爛日子再度降臨，每天都有烏雲。」在這種日子裡，上學真讓我鬆了口氣，當然啦，是公立學校，多虧詹姆士．麥肯錫，我念私校的日子結束了。

在那片灰暗的日子裡偶爾有幾縷陽光，罕見珍本書籍市場也許慘到不行，但大家又開始讀一般的書了，逃進小說跟勵志書的世界裡，因為，咱們老實說吧，在二〇〇九年到二〇一〇年之間，很多人都需要好好打氣一番。媽媽一直都很喜歡推理小說，她從哈利舅舅手上接過版權公司後，就一直在打造相關題材的作者人才庫。她有十或十二位推理作家，他們的書賣不到天價，但他們版權金抽成的百分之十五足以支付房租，讓我們的新家不至於斷電。

再說，還有珍・萊諾斯，她是北卡羅萊納州的圖書館員。她的推理小說《致命血紅》是她自己投稿來的，媽媽大肆宣傳了一番。賣版權的時候要競價，所有一線出版社都參加了，最後得標的金額賣了兩百萬美金。三十萬代理費入袋，媽媽又會笑了。

「要回到公園大道需要多一點時間。」她說。「要爬出哈利舅舅挖的坑還有好長一段路，但我們會沒事的。」

「反正我不想回公園大道。」我說。「我喜歡這裡。」

她笑了笑伸手擁抱我。「你是我的小愛人。」她向後退，跟我保持一點距離，端詳著我。「只不過沒那麼小了。小鬼頭，你知道我在期待什麼嗎？」

我搖搖頭。

「我期待珍・萊諾斯每年都能寫新書，《致命血紅》的電影拍得成。不過，就算這些願望沒有達成，我們還是有老傢伙雷吉跟他的雷亞納克系列。他是鑲在我們皇冠上的寶石。」

只不過《致命血紅》最後成了大風暴前最後一抹陽光。電影沒拍成，得標買到版權的出版社出了差錯，有時就是會這樣。那本書一敗塗地，是說不會影響我們的財務狀況啦（錢都付了），但又發生了一些事，三十萬就跟風沙一樣消失殆盡。

首先，媽媽智齒痛，感染了，她不得不拔光所有的智齒，真的很糟。然後是哈利舅舅，只會惹麻煩的哈利舅舅，還不到五十歲，卻在貝永的安養機構跌倒，摔破腦袋。這更是糟到不行。

媽媽跟幫她處理合約的律師談過（他還跟版權公司收取一點不算過分的諮商費），他推薦了另一位專門處理責任與過失訴訟的律師。那位律師說我們的贏面很大，也許官司真的打得贏，但就在案子距離法院還很遙遠的時候，貝永的安養機構宣布破產。整件事裡獲利的就是那個負責索賠的高級律師，四萬入袋。

「按小時計費真的很賤。」媽媽有天晚上說，那時她跟麗茲．道頓喝到第二瓶酒。麗茲大笑，因為那不是她的四萬塊，媽媽大笑，因為她醉了。我是唯一一個不懂這話哪裡好笑的人，因為我們支出的不只是律師費，哈利舅舅的醫療帳單也岌岌可危。

最慘的是國稅局找上媽媽，要她補繳哈利舅舅先前的欠稅，因為他怠慢了另一位親戚（山姆大叔），這才好把錢統統扔進麥肯錫基金裡。這樣就只剩雷吉・湯瑪斯了。鑲在咱們皇冠上的寶石。

7

現在聽好了。

時值二〇〇九年秋天，歐巴馬當總統，經濟正緩慢好轉。對我們來說，還是一點起色也沒有。我三年級，皮爾斯老師點我去黑板上解分數的計算問題，因為這是我的強項。我是說，我七歲的時候就會算百分比了，記得嗎？我是版權經紀人的小孩。我身後的同學躁動不安，因為正值感恩節到聖誕節之間那段短短的上學日子。數學問題簡單得不得了，我差不多解完了，此時，赫南德茲副校長忽然探頭進來。他跟皮爾斯老師簡短低聲交談，然後皮爾斯老師要我去走廊。

我媽在走廊上等我，她的臉色白得跟牛奶一樣，還是低脂牛奶。我的第一個念頭就是哈利舅舅，頭殼上有塊鋼板保護他那無用大腦的哈利舅舅終於死了。雖然這麼想很糟，但也是好事一件，因為這樣我們就不用繼續花錢。不過，當我問起時，她卻說此時住在紐澤西皮斯卡塔威三流照顧之家的哈利舅舅好得很（他一直西進，好像是什麼腦死的開墾先驅一樣）。

媽媽急忙催促我沿著走廊前進，離開校門，我根本來不及多問。停在家長接送區路邊黃線的是一輛福特轎車，儀表板上擺著會閃爍的半球警示燈。站在車旁的是麗茲·道頓，她穿了一件胸口有紐約市警字樣的藍色大外套。

媽媽要我快點上車，但我不配合，逼得她停下腳步。「是怎樣？」我說。「快告訴我！」我沒哭，但眼淚已經在眼眶裡打轉。自從麥肯錫基金之後，我們經歷了太多壞消息，我覺得我已經再也受不了了。不過呢，還是壞消息，因為雷吉·湯瑪斯死了。

我們皇冠上的寶石掉了下來。

我得在這裡暫停一下，跟你聊聊雷吉．湯瑪斯。我媽總會說，多數作家就跟夜裡會發光的大便一樣怪，講的就是湯瑪斯先生。

他過世的時候，雷亞納克傳奇（他是這麼叫的）共有九本，每本都跟磚頭一樣厚。「老雷吉每次都送上大磚頭。」媽媽有次說。我八歲時從辦公室架上偷渡了一本《雷亞納克的致命沼澤》來讀。沒問題，我認得字，我會算數，我看得見死人（不是在吹牛）。加上《雷亞納克的致命沼澤》又不是《芬尼根的守靈夜》（Finnegans Wake）那種作品。

我不是說書寫得很糟，千萬別這麼想，這位老兄很會說故事。有很多冒險，很多嚇人場景（特別是致命沼澤裡），尋找埋藏的寶藏，還有很多令人臉紅心跳的「親密接觸」。我在那本書裡學到其他八歲小孩都學不到的知識，好比說「69」真正的含義。我也學到別的東西，但我要到後來才會有意識地連結起來，那跟媽媽的朋友麗茲留下來過夜的日子有關。

我會說《雷亞納克的致命沼澤》差不多每隔五十頁就有性愛場景，包括在一棵樹上，而樹下都是爬來爬去的飢餓鱷魚。我們在說的是《雷亞納克的五十道陰影》。雷吉·湯瑪斯教會剛步入青少年時期的我如何打手槍，如果覺得我提供太多資訊，你還是乖乖接受吧。

那些書真的是傳奇，訴說著同一批延續的角色遇上的持續進行故事。裡頭有眼睛帶著笑意的金髮壯漢，眼神飄忽的壞蛋，高尚的印第安人（在後面幾集成了高尚的北美原住民），以及胸部堅挺的美女。每個角色，無論好，無論壞，無論胸部是否堅挺，總是「性」致勃勃。

系列作品的故事核心、讓讀者一再回鍋的重點（除了決鬥、謀殺、性愛以外）就是讓雷亞納克拓荒者統統消失的巨大秘密。都是大魔王喬治·崔基爾的錯嗎？拓荒者都死了嗎？雷亞納克古城下方真的有古老的智慧嗎？馬汀·貝坦庫斷氣前說的「時間就是關鍵」是什麼意思？刻在廢棄社區絕壁上的神秘字眼「克羅柯恩」真正的意涵是什麼？百萬讀者垂涎想要知道這些問題的答案。未來覺得這些內容難以置信的朋友，我就簡單建議你們去找茱蒂絲·克蘭茲（Judith Krantz）或哈羅德·羅賓斯（Harold Robbins）的東西來看就好，他們的書也是有幾百萬讀者群。

雷吉．湯瑪斯的人物就是經典的投射，也許我指的是滿足心願用的。他是個乾癟的老傢伙，他的作者照片經常更換，這樣他的臉才不會看起來像女用皮包。他不來紐約市，他來不了。他筆下的男人勇敢無懼，殺入致命的沼澤之中，與人決鬥，還在星辰之下上演運動員般的性愛活動，結果寫出這些東西的人是個光棍，還有廣場恐懼症。他對自己的書疑神疑鬼到一個誇張（我媽是這麼說的）。寫好之前，誰也別想看，而一舉成功的頭兩集在暢銷排行榜前幾名盤據了幾個月後，連校對都免了。他堅持他的書要用他寶貴的一字一句出版，什麼也不能改。

他不是一年出一本書的作家（這叫版權經紀人的黃金國），但他很可靠，書名有「雷亞納克」的書每兩、三年就會有一本問世。前四集在哈利舅舅工作時出版，後面五本由媽媽負責，這包括了《雷亞納克的鬼魅少女》，作者宣布這是倒數第二集。他承諾，整個系列的最後一冊會回答所有忠實讀者從一開始踏入致命沼澤之旅後所有的疑問。最後一集也會是「最厚一集」，篇幅可能長達七百多頁（這樣出版社才能提高售價）。我媽有次去他紐約州北部的大院住宅，他偷偷透露，等到雷亞納克與這地方的秘密都寫完之後，他想要開始一個新的系列，聚焦在有幽靈船之稱的瑪麗．賽勒斯特號

（Mary Celeste）上頭。

一切聽起來都非常順利，直到他猝死在寫作的桌子上，此時他的大作只完成了三十頁左右。他已經收到很誇張的三百萬預付金，但書沒寫完，預付金必須退回去，包括我們的代理費。我們的百分之十五要嘛已經花掉了，要嘛「還有地方要去」。因此，你可能猜到了，這時就需要我了。

好啦，回到故事本身。

9

我們朝沒有標記的警車走去（我知道這輛車是警車，它停在我們家大樓外面好幾次，擋風玻璃上還有個牌子寫著「警察執勤」），麗茲拉開她的外套，讓我看她空蕩的肩背槍套。這有點算我們之間的小玩笑。我媽有一條鐵律，那就是「槍枝不准接近我兒子」。麗茲每次都會讓我看她空空的槍套，我經常在我們家客廳茶几上看到槍套背帶。這東西也會擺在我媽很少用的床邊桌上，九歲的時候，我已經曉得她們在幹嘛了。《雷亞納克的致命沼澤》裡，蘿拉．古德修跟馬汀．貝坦庫的遺孀純純之間有好幾段令人血脈賁張的激情戲碼（是說她一點也不純潔好嗎）。

我們朝車子走去時，我問：「她在這裡幹嘛？」麗茲就在我面前，所以我猜這樣問挺沒禮貌的，但我剛剛才從課堂上被挖出來，還沒出校門就得知我今天的餐券作廢了。

「冠軍，上車。」麗茲說。她都這樣叫我。「別浪費時間了。」

「我不想，今天中午有炸魚條。」

「不行。」麗茲說。「我們吃華堡跟薯條，我請客。」

「上車。」我媽說。「拜託，傑米。」

於是我上了車。地板上有兩個塔可鐘的包裝紙，還彌漫著類似微波爆米花的味道，還有另一種味道，我想起多次拜訪哈利舅舅的時候，但至少車上沒有金屬網格隔開前座跟後座，媽媽看的那些警察電視劇都這樣演的（她特別喜歡《火線重案組》（The Wire））。

媽媽坐進副駕駛座，麗茲把車開走，遇到第一個紅燈的時候，她打開擋風玻璃後面的閃燈，它發出嗶嗶嗶嗶的聲音，雖然沒有響警笛，但其他車輛立刻閃開，不一會兒我們就到了羅斯福東河公園大道。

我媽轉過頭來，從兩個座椅之間看著我，她的表情讓我害怕。她看起來非常絕望。「傑米，他可能還在他家嗎？我相信他們把他的屍體送去停屍間或殯儀館了，但他可能還在那裡嗎？」

答案是我不知道，但一開始我沒有說，我也沒有講別的話。我太詫異也太受傷，也許甚至生氣了，最後的情緒我不太確定，但詫異跟受傷我記得很清楚。她叮囑我千萬不能跟別人說我看得到死人，我沒說出去過，結果走漏風聲的是她。她告訴麗茲，所以麗茲才會在這裡，沒多久，她就會用她閃爍的儀表板警示燈在史布蘭溪公園大道上開路。

最後我說：「她知道多久了？」

我看到麗茲在後視鏡裡對我使眼色，這樣擠眉弄眼彷彿是在說「我跟她之間有共同的秘密」。我不喜歡這樣，應該是我跟媽媽之間有共同的秘密才對。

媽媽伸手過來，拉住我的手腕。

她的手很冰冷。「傑米，別管那個，只要告訴我，他是不是還在那裡就好。」

「在吧，我猜，如果他是在那裡斷氣的話。」

媽媽放開我，叫麗茲開快一點，但麗茲搖搖頭。

「這不是好主意。我們可能會惹來其他警車的注意，他們會想知道這是怎麼回事。

難道要我告訴他們，我們必須在一個死人消失之前跟他聊聊？」從她講話的口氣我就知道她根本不信媽媽的話，只是配合演出，逗她開心。這點我是覺得無妨，至於媽媽嘛，我覺得她根本不在乎麗茲怎麼想，只要她快點送我們去哈德遜河畔克羅頓就好。

「那就盡量快點。」

「聽到了，緹緹。」我不喜歡她這樣叫媽媽，聽起來像我同學講尿尿的地方，但媽媽似乎不在意。那天就算麗茲叫她大奶兔女郎她也不會介意，她大概根本不會注意到。

「有人守得住秘密，有人不行。」我說。我實在是忍不住，所以我猜我很生氣。

「夠了。」我媽說。「我受不了你鬧脾氣。」

「我沒有鬧脾氣。」我鬧脾氣地說。

我知道她跟麗茲關係很緊密，但我跟她應該更親吧？她至少可以先問問我，覺得把我們最大的秘密在某天晚上說給麗茲聽怎麼樣吧？就在她跟麗茲在床舖爬上雷吉·湯瑪斯所謂的「激情之梯」之後。

「我懂你為什麼不高興，你可以晚點再對我發脾氣，但現在我需要你，小鬼頭。」她彷彿忘了麗茲在場，但從麗茲在後照鏡裡的目光看來，我知道她都在聽。

「好啦。」她有點嚇到我了。「冷靜點，媽。」

她用手梳起頭髮，好好扯了扯她的劉海。「這不公平。我們遇到的一切……還在進行中……一切都他媽的一團糟！」她搓揉我的頭髮。「你沒聽到。」

「我聽得很清楚。」我說，因為我還在生氣，但她是對的。記得我說我的生活就像狄更斯的故事，但裡頭有髒話嗎？你知道為什麼人家要讀那種書嗎？因為讀者會很開心那些狗屁倒灶的事情不是發生在他們身上。

「這兩年來，我跟丟球雜耍一樣處理帳單，從來沒有一顆砸在地上過。有時，我必須拖繳小帳單，先繳大帳單，有時，大帳單先緩緩，先處理小帳單，但家裡沒有停過電，我們也沒餓過肚子，對不對？」

「嗯哼、嗯哼。」我說，以為這樣可以逗她笑，但完全沒用。

「但現在……」她又扯起她的劉海，頭髮變成一坨一坨的。「現在五、六張帳單一起到期，該死的國稅局首當其衝。我要淹沒在紅色油墨之中了，我以為雷吉可以救我，結果那個王八蛋居然死了！五十九歲就死！誰五十九歲會死？又不是超重五十公斤的胖子，也不吸毒！」

「得了癌症的人？」我說。

媽媽發出鼻涕聲，又扯起她可憐的劉海。

「緹，冷靜點。」麗茲咕噥著說。她用手掌壓在媽媽的頸子上安撫她，但我覺得媽媽沒感覺到。

「那本書可以救我們，那本書，就是那本書，別無分號的那本書。」她發出瘋狂的笑聲，讓我更害怕了。「我知道他只寫了一、兩章，但其他人不知道，因為在哈利生病前，雷吉只會跟他說書的事，之後就只跟我說。他不寫大綱、不做筆記，傑米，因為他說那樣會束縛他的創造過程。而且因為他不必那麼做，他一直都很清楚故事的走向。」

她又拉起我的手腕，力道之大，還留下瘀青。我那天晚上後來才注意到。

「他可能還很清楚。」

10

我們開進柏油村漢堡王的得來速車道，如同先前的承諾，我得到一個華堡，還有巧克力奶昔。媽媽不想停車，但麗茲堅持。「他還在發育，緹。就算妳不吃，他也要吃。」

這話讓我喜歡她，我也因為其他原因喜歡她，但我也因為某些事情不喜歡她，重要的事情。我晚點會說，不得不提，但現在就說我對紐約市警二級警探伊麗莎白．道頓的感覺很複雜。

我們抵達哈德遜河畔克羅頓之前，她說了一些話，我必須提一下。她只是在找話聊，結果後來這件事變得非常重要（我知道，又「後來」了）。麗茲說「桑普」終於殺人了。

自稱「桑普」的男人這幾天一直出現在地方新聞上，特別是紐約一號頻道，媽媽每晚做飯的時候都會看（有時如果新聞有意思，那我們會一邊看一邊吃飯）。桑普的「恐怖時期」（謝謝喔，一號頻道）其實可以追溯到我出生之前，他根本是都市傳說。你知道，就跟瘦長人、鐵鉤手一樣，只是他喜歡搞爆炸。

「誰？」我說。「他殺了誰？」

「還要多久會到？」媽媽問。她對桑普完全沒興趣，她有自己的煩惱。

「不小心想要使用曼哈頓僅存公用電話的人。」麗茲無視媽媽。「防爆小組認為他一拿起話筒就引爆了炸彈，兩管炸藥……」

「我們必須聊這個嗎？」媽媽問。「為什麼他媽的一路紅燈？」

「兩管炸藥黏在人家放零錢的地方。」麗茲不受影響繼續說。「桑普是個很高明的混蛋，算是誇獎吧。他們要增加任務編組，這是一九九六年之後的第三位專案人員，我想試試看。他才剛犯案，所以我很有機會，還可以算加班。」

「綠燈了，快走。」媽媽說。

麗茲繼續前進。

11

我還在吃最後幾根薯條（已經冷了，但我不介意），此時我們轉進一條名為「卵石巷」的巷子，這裡也許鋪過卵石，但現在只剩軟軟的柏油路。盡頭的房子是「卵石小屋」，大塊石材砌成，精心雕刻的窗板，屋頂上還有青苔，你沒聽錯，青苔，很瘋對吧？柵門是開的，門柱上有兩個牌子，跟屋子的石材一樣灰灰的，其中一個寫著「非請勿入，埋屍很累」，另一個牌子上則有龇牙咧嘴的德國牧羊犬的照片，文字則寫「當心惡犬」。

麗茲停下腳步，對著我媽揚起眉毛。

「雷吉埋過的屍體只有他的寵物鸚鵡法蘭西斯。」媽媽說。「名字來自探險家法蘭西斯·德瑞克（Francis Drake），而他沒養過狗。」

「會過敏。」我在後座說。

麗茲把車開到屋子旁邊，停下車，關掉嗶嗶嗶嗶的儀表板警示燈。「車庫門關著，我沒看到車。這裡有誰？」

「沒人。」媽媽說。「找到他的是德薇娜·奎爾太太，他的管家。管家找了一個兼職的園丁，這裡就兩個員工。奎爾太太人很好，她叫救護車之後就跟我聯絡。救護車讓我懷疑她是否確定雷吉已經死了，她說她確定，因為她之前在安養之家工作，但雷吉還是要先去醫院一趟。我跟奎爾太太說，屍體搬走後，她就可以離開了。她整個很驚慌。她問起法蘭克·威考克斯，也就是雷吉的業務經理，我跟她說我晚點會跟法蘭克聯絡，因為我上次跟雷吉聯絡時，他說法蘭克跟太太去希臘了。」

「媒體呢？」麗茲說。「他是暢銷作家。」

「老天啊，我不知道。」媽媽瘋狂到處張望，彷彿期待記者會躲在灌木叢裡一樣。

「我沒看到。」

「他們可能還不知道。」麗茲說。「如果他們透過警方對講機廣播得知消息，他們會先去找警察跟急救人員。屍體不在這裡，所以報導不在這裡。我們還有時間，妳冷靜一點。」

「破產就在眼前，我哥可能還要在機構裡住三十年，我的兒子哪天可能要上大學，所以不要叫我冷靜一點。傑米，你有看到他嗎？你知道他的長相，對嗎？快說你看到他了。」

「我知道他長什麼樣子，但我沒有看到他。」我說。

媽媽哀號起來，用掌心拍打她那已經結塊的悲慘劉海。

我伸手要開門，但驚不驚喜、意不意外，警車後座沒有門把。我要麗茲放我出去，她開了門。我們都下了車。

「敲敲門。」麗茲說。「如果沒人應門，我們就繞到後面，墊高傑米，讓他看窗戶裡面。」

我們之所以能夠這麼做，是因為那些有著精美雕飾的窗框都是開的。我媽跑去門口，我跟麗茲短暫獨處。

「冠軍，你該不會覺得你真的跟那部電影演的一樣，能夠看到死人吧？」

我不在乎她信不信，但她的語氣讓我很不爽，彷彿一切只是笑話。「媽媽跟妳說了博奇特太太戒指的事，對嗎？」

麗茲聳聳肩。「那可能只是運氣好矇中的，過來的路上，你有看到什麼死人嗎？」

我說沒有，但除非你跟他們交談……或他們找你講話，你才會知道。有次，我跟媽媽搭公車的時候，我看到一個女孩兩隻手腕上都有深深的傷口，看起來跟紅色的手鍊一樣，我很確定她是死人，但她看起來沒有中央公園那個男人那麼可怕。而那天，我們開車出城的時候，我在第八大街轉角看到一個身穿粉紅色浴袍的老太太。綠燈時，她還站在原地到處張望，跟觀光客一樣。她頭髮上掛著髮捲。她也許死了，但她也許可能只是到處亂走的活人，媽媽說，在她送哈利舅舅去第一個安養之家之前，他有時也會上街亂走。媽媽說，哈利舅舅開始穿著睡衣逛大街的時候，她就放棄他會康復的希望了。

「算命師永遠矇得對。」麗茲說。「還有那句老話，不走的鐘一天會有兩次準時。」

「所以妳覺得我媽瘋了，我是在幫她發瘋？」

她大笑起來。「冠軍，那叫『助長』，但不，我不覺得是那樣。我覺得她只是很難過，想要抓住最後一根稻草。你懂這話的意思嗎？」

「我懂，她就是瘋了。」

麗茲再度搖搖頭，這次更果斷了一點。「她壓力很大，我完全懂，但捏造不存在的狀況幫不了她。我希望你明白這點。」

媽媽回來了。「沒人應門，門鎖住了，我試過了。」

「好。」麗茲說。「咱們去窗口看看。」

我們繞著房子。我可以直接看到飯廳，因為那裡的窗戶是落地窗，但其他的窗戶就太高了。麗茲用手疊在一起，讓我踩上去看。我看到超大的客廳，超大的平面電視，還有很多高級家具。我看到長長的飯廳餐桌，椅子多到足以讓紐約大都會隊的首發陣容坐滿，可能連後援投手都坐得進來。對一個不喜歡社交的人來說，這種擺設真是瘋了。我看到媽媽所謂的小起居室，還繞到後面的廚房。湯瑪斯都不在這些地方。

「也許他在樓上。我沒上去過，但如果他死在床上……或在浴室裡……他也許還……」

「跟貓王一樣死在寶座上？我懷疑，但我猜也不是完全不可能。」

這話害我發笑，把馬桶稱為寶座讓我覺得很好笑，但看到媽媽的表情我就笑不下去了。這是很嚴肅的事情，而她開始失去希望了。廚房有後門，她轉動門把，但上鎖了，就跟前門一樣。

她轉向麗茲。「也許我們可以……」

「想都別想。」麗茲說。「緹，我們不會闖進去。我在警局已經有夠多麻煩了，更別說觸發剛死暢銷作家的保全系統，保全公司的人趕來之後，還要跟他們解釋一番，地區警察說不定也會來。說到警察……他死的時候只有自己一個人，對嗎？然後管家發現他的屍體？」

「對，奎爾太太，她跟我聯絡，我跟妳……」

「警察會想向她問話，大概正在進行，或是法醫找她問話。我不曉得在威斯特徹斯特郡是怎麼作業的。」

「因為他是名人？因為他們覺得可能有人謀殺他？」

「因為那是一般的程序，也對啦，我想他是名人也是原因之一。重點在於，我希望他們到的時候，我們已經走人了。」

媽媽垂頭喪氣。「傑米，沒有嗎？沒看到他嗎？」

我搖搖頭。

我媽嘆了口氣，望向麗茲。「也許去車庫看看？」

麗茲聳聳肩，彷彿是在說：「妳的派對，妳作主就好。」

「傑米？你覺得呢？」

我無法想像湯瑪斯先生為什麼會在車庫遊蕩，但我猜也許吧，說不定他有最愛的車。「既然我們都來了，的確可以過去看看。」

我們朝車庫前進，但我停下腳步。湯瑪斯先生已經抽乾的游泳池旁邊有一條碎石小徑，兩旁都是樹，但因為現在已經到了深秋，樹葉都掉光了，我看到一座小小的綠色建築。我指向那裡，問：「那是什麼？」

媽媽又拍了一記額頭。我開始擔心她可能會把自己打出腦瘤還是什麼鬼東西了。「噢，我的天啊，『林間小屋』！我怎麼會沒先想到那個！」

「那是什麼？」我問。

「他的書房！他寫作的地方！如果他會出現，肯定就在那裡！快來！」

她緊抓我的手，帶我繞過游泳池比較淺的邊緣，但當我們踏上碎石小徑起始之處時，我忽然停下了腳步。媽媽持續前進，要不是麗茲拉著我的肩膀，我可能會一頭栽在地上。

「媽媽？媽媽！」

她一臉不耐煩地轉頭，只不過，說她不耐煩也不對，她看起來處在半瘋癲狀態。「快點！我跟你說，如果他會出現，他就在那裡！」

「緹，妳得冷靜點。」麗茲說。「我們會去他寫作的地方看看，然後我覺得我們就該走了。」

「媽媽！」

我媽沒搭理我。她開始哭，她很少哭。她發現國稅局要討多少錢的時候沒哭，那天她只是捶著辦公桌，說他們就是一群吸血的王八蛋，但她現在哭了。「要走妳走，但我們會一直待到傑米確定找不到他為止。這對妳來說也許只是歡樂的遠足，陪瘋女人到處玩玩……」

「這麼說不公平！」

「……但我們說的可是我的人生……」

「我知道……」

「……還有傑米的人生，還有……」

「媽媽！」

當小孩最糟的莫過於大人在忙自己的事，都不理你。「媽媽！麗茲！妳們都閉嘴！」

她們閉嘴了，她們望著我。我們站在這裡，兩個女人與一個身穿紐約大都會隊帽T的男孩，旁邊是沒水的游泳池，天空是灰濛濛的十一月天。

林間碎石小徑通往湯瑪斯先生寫他雷亞納克系列的小屋，我指向小徑。

「他在那裡。」我說。

12

他朝我們走來，這不意外。多數死人，不是全部，但大多數都會一度受到活人吸引，就跟捕蚊燈能夠吸引蚊子一樣，這比喻也太爛了，但我只想得到這個。就算我不知道他死了，我現在也會知道他死了，因為他的穿著。天氣很冷，但他穿了一件素白T恤、寬鬆短褲，還有繫帶涼鞋，媽媽說那叫耶穌鞋。他身上還有別的東西，很奇怪的東西，橫跨身軀的黃色背帶，上頭還別著一段藍色緞帶。

麗茲跟我媽說什麼那邊沒有人，我只是在演戲之類的，但我沒注意。我掙脫媽媽的手，朝湯瑪斯先生走去。他停下腳步。

「湯瑪斯先生，你好。」我說。「我是傑米．康克林，緹雅的兒子，我們沒見過。」

「噢，拜託。」麗茲在我身後說。

「閉嘴。」媽媽說，但麗茲懷疑的態度多少感染了她，因為她問我是否確定湯瑪斯先生真的在場。

我也沒理她。我很好奇他為什麼背著背帶，為什麼他死時會這樣穿？

「我在書桌旁。」他說。「我寫作的時候都會戴著背帶，這是我的幸運物。」

「那藍色緞帶呢？」

「我六年級時贏的地區拼字比賽緞帶，我拼贏了其他二十所學校的代表，在州際比賽輸了，但在地區賽得到這個緞帶。我媽替我做了這條背帶，把緞帶固定在上頭。」

就我看來，現在還戴這玩意兒好像有點怪，對湯瑪斯先生來說，六年級應該是幾百萬年前的事了吧？但他解釋時沒有不好意思或覺得不安。有些死人感覺得到愛（記得我跟你說，博奇特太太親吻博奇特先生？），他們也感受得到恨（我馬上就會明白了），但主要的其他情緒都在他們死亡時一起消失。就我看來，連愛都不見得那麼強烈。我不想告訴你這點，但恨才是最強烈、最持久的情緒。我覺得一般人見鬼的時候（跟看見死人不一樣），主要是因為他們帶著恨意。大家覺得鬼魂很可怕，因為他們的確很可怕。

我轉回來，面向媽媽跟麗茲。「媽媽，妳知道湯瑪斯先生寫作時會戴著他的背帶嗎？」

她睜大雙眼。「五、六年前，他接受《沙龍雜誌》採訪時說過。他現在有戴嗎？」

「對，上頭還有一段藍色緞帶，那是來自……」

「他贏得的拼字比賽！他在訪問裡還笑說那是他『愚蠢的矯揉造作』。」

「大概吧。」湯瑪斯先生說。「但多數作家都有愚蠢的矯揉造作跟迷信。『吉米』，我們就跟棒球選手差不多。誰又能跟九本《紐約時報》暢銷書爭呢？」

「我是傑米。」我說。

麗茲說：「緹，妳肯定跟冠軍提過那次訪問，或是他自己讀到的。他閱讀能力很好，他本來就知道這件事，而他……」

「不要吵。」我媽惡狠狠地說。麗茲舉起雙手，表示投降。

媽媽走到我身邊，望著對她來說只是空無一人的碎石小徑。湯瑪斯先生就站在她面前，雙手插在短褲口袋裡。褲子很鬆，我希望他不要一直壓口袋，因為他看起來應該沒有穿內褲。

「快跟他說我要你轉告他的話！」

媽媽要我轉告他的話是，他必須幫我們，不然我們過去一年如履薄冰的財務狀況就會崩潰，我們會淹死在債務之海裡。而且版權公司會開始失去客戶，因為她的作者會知道我們有麻煩，公司可能會倒閉。有天晚上，麗茲不在，而媽媽喝了四杯酒，她說，船沉的時候，連老鼠都會棄船而逃。

不過我懶得講那麼多話。死人必須回答你的問題（至少在他們消失之前），而且他們必須說實話，所以我直接講重點。

「媽媽想知道《雷亞納克的秘密》是在講什麼，她想知道全部的內容。湯瑪斯先生，你記得全部的內容嗎？」

「當然。」他的手探進口袋更深處，現在我可以看到他肚臍下方露出來的一些毛髮。我不想看那個，但我還是看到了。「動筆之前，我會很清楚一切的狀況。」

「而你都記在腦袋裡？」

「必須記得，不然人家會來偷，放在網路上，爆雷不驚喜。」

如果他還活著，這話聽起來會讓人覺得他疑神疑鬼。死了之後，他就只是在陳述事實，或陳述他相信的事實。而且呢，嘿，我覺得他說得對。網路上總有人到處放話，從什麼無聊的政治秘密到真正重要的事情，好比說《危機邊緣》（Fringe）每季大結局之類的。

麗茲從我跟媽媽身邊走開，坐在池子旁邊的長椅上，蹺起腿，點起菸。她顯然決定讓神經病掌管瘋人院了，我是覺得沒差啦。麗茲有她的優點，但那天早上她只負責擋路而已。

「媽媽要你跟我講所有的內容。」我告訴湯瑪斯先生。「我會再告訴她，她會把最後一本雷亞納克的書寫完。她會說你在死前把檔案跟如何完成最後幾章的筆記寄給她，那時你已經快寫完了。」

他如果沒死，想到別人替他寫書會讓他暴跳如雷，文字就是他生命裡最重要的一切，他非常執著。不過，現在其餘的他已經躺在某處的停屍間桌子上，穿著卡其短褲、戴著他寫下最後一個句子時的黃色背帶。他的「投影」對我傾訴他的秘密，口氣不帶嫉妒或執著。

他只問：「她辦得到嗎？」

我們前往卵石小屋路上，她向我（跟麗茲）保證，她寫得出來。雷吉．湯瑪斯堅持誰都不准更改他寶貴的任何字句，但事實上，媽媽已經暗地裡替他改了好幾年（哈利舅舅腦子還沒壞，還能營運的時候就是了）。有些更動很大，但他都不知道……或該說他都沒反應。如果世界上有人能夠複製湯瑪斯先生的風格，那也只有我媽了。只不過風格不是問題，問題在於故事。

「她辦得到。」我說，因為這句話比跟他解釋一堆簡單得多。

「另一個女人是誰？」湯瑪斯先生指向麗茲。

「那是我媽的朋友，她叫麗茲．道頓。」麗茲短暫抬頭，然後點起另一根菸。

「她跟你媽會上床嗎？」湯瑪斯先生問。

「會啊，肯定會。」

「我想也是。從她們看彼此的神情裡就看得出有那回事。」

「他說什麼？」媽媽焦急地問。

「他問妳跟麗茲是不是好朋友。」我說。這話很遜，但我在短時間內只能想出這種說法。我問湯瑪斯先生：「所以你會跟我們說《雷亞納克的秘密》的內容？我是說整本書，不是只有秘密。」

「好。」

「他說好。」我告訴媽媽，她從包包裡拿出手機跟小小的錄音機。她一個字也不想錯過。

「跟他說，盡量詳細一點。」

「媽媽說……」

「我聽得到她講話。」湯瑪斯先生說。「我是死了，不是聾了。」他的短褲又往下跑了。

「酷。」我說。「聽著，湯瑪斯先生，也許你會想把褲子拉上來一點，我怕你的弟弟會著涼。」

他把褲子拉到骨頭突出的髖關節上。「今天很冷嗎？我感覺不像。」然後，他用同樣的語氣說：「『吉米』，緹雅開始顯老了。」

我懶得再次糾正他叫錯我的名字，反而轉頭望向我的母親，老天爺啊，她看起來真的老了，至少開始老了。這是什麼時候發生的事啊？

「說故事給我們聽。」我說。「從頭開始講。」

「不然還能從哪兒開始？」湯瑪斯先生說。

13

花了一個半小時，講完的時候，我筋疲力竭，媽媽也是。湯瑪斯先生從頭到尾看起來都一樣，站在那裡，橫跨突出肚腩的是他那條悲傷的黃色背帶，還有一直往下掉的短褲。麗茲把車移到柵門門柱中間，打開儀表板的警示燈，這大概是個好主意，因為湯瑪斯先生的死訊已經傳出去了，有人開始出現在門口，拍起卵石小屋的照片。她回來後，問起我們還要多久，媽媽只是打發她，要她去到處逛逛什麼的，但麗茲沒有離開。

過程很累，壓力也很大，因為我們的未來都維繫在湯瑪斯先生的書上。由九歲的我獨自承擔所有的責任實在不公平，但也別無選擇。我必須對媽媽（的兩台錄音裝置）複誦湯瑪斯先生的話，他的話超多。當他說一切都記在他腦袋裡的時候，他可不是在吹牛。媽媽一直問問題，主要是想問清楚一點。湯瑪斯先生似乎不介意（事實上他看起來似乎是不在乎），但媽媽一直拖拖拉拉的，開始讓我覺得很煩。而且我口超渴的。麗茲把她喝剩的漢堡王可樂交給我的時候，我幾口就喝完了，然後抱了她一下。

「謝謝。」我把免洗杯還給她。「我很需要。」

「不客氣。」麗茲現在看起來沒有那麼無聊了，她現在看起來彷彿心裡有事。她看不見湯瑪斯先生，我覺得她也沒有完全相信他在場，但她曉得有事發生，因為她聽到九歲男孩說起一個複雜的故事，其中有六位主要角色以及至少另外二十四個不怎麼重要的配角。噢，還有三人行的戲碼（在熱心的北美原住民諾托韋人提供的喜濕藺草作用下），由喬治．崔基爾、蘿拉．古德修與純純．貝坦庫主演，最後蘿拉懷孕了，可憐的蘿拉永遠都是最倒楣的那個人。

在湯瑪斯先生最後的描述裡，偉大的秘密水落石出，超讚的。我不會告訴你結局，去看書你就會知道了。前提是，如果你還沒讀過的話。

「現在，我要跟你說最後一個句子。」湯瑪斯說。他看起來非常神清氣爽，但「神清氣爽」似乎不是形容死人的好成語。不過他的聲音開始有點變弱了。「因為我會一開始就寫下最後一個句子，那是引導我持續划槳前進的燈塔。」

「最後一個句子要來了。」我對媽媽說。

「謝天謝地。」她說。

湯瑪斯先生舉起一根手指，好像早期準備要發表長篇大論的演員一樣。「『那一天，紅色的太陽在荒蕪人煙的殖民地西下，讓接下來好幾代人不解的刻文『克羅柯恩』閃著光芒，如同鮮血勾勒出的文字。』跟她說『克羅柯恩』要加引號，吉米。」

我轉告她（雖然我不懂「鮮血勾勒」是什麼意思），然後問湯瑪斯先生就這樣嗎？他說就這樣了的時候，我聽到前門傳來的警笛聲，兩聲嗚嗚然後一聲沒響完。

「噢，天啊。」麗茲說，但她沒有驚慌，彷彿是等待已久。「來了、來了。」她的警徽扣在腰帶上，她拉開外套露出來。然後她走去前門，陪著兩名警察過來。他們也穿大外套，上頭的牌子寫著威斯特徹斯特郡。

「條子來了，快閃。」湯瑪斯先生說，但我聽不懂。我後來問我媽，她說那是一九五〇年代的俗語。

「這位是康克林小姐。」麗茲說。「她是我的朋友，也是湯瑪斯先生的經紀人。她請我送她過來，擔心有人會藉機進來偷紀念品。」

「或手稿。」我媽補充道。小小的錄音機安然躺在她的包包裡，手機也在她牛仔褲後方的口袋裡。「特別是某本書的手稿，湯瑪斯先生正在寫的系列小說結局。」

麗茲瞥了我媽一眼，彷彿是在說：「已經解釋夠了。」但我媽繼續。

「他剛寫完，百萬讀者會想讀。我覺得確保讀者的權益就是我的職責。」

兩位警察似乎不感興趣，他們是來這裡檢查湯瑪斯先生斷氣的地方。同時確保來這裡的人有理由出現在這裡。

「我相信他死在他的書房裡。」我媽指著「林間小屋」。

「嗯哼。」一名警察說：「我們聽說的也是這樣。我們會過去看看。」他蹲下來，指尖觸地，跟我的臉一樣高（我那時一定矮到不行）。「孩子，你叫什麼名字？」

「詹姆士．康克林。」我故意望了湯瑪斯先生一眼。「你可以叫我傑米，這是我媽。」我牽起她的手。

「傑米，你今天蹺課喔？」

在我能回答前，我媽連忙插嘴，超級流暢的。「我平常都會去接他放學，但想說今天可能沒辦法及時趕回去，所以我們帶他一道來。對不對？麗茲。」

「是啊。」麗茲說。「兩位警官，我們還沒去看書房，所以無法確定是否上鎖了。」

「管家沒鎖門，屍體在裡面。」剛剛跟我交談的警察解釋起來。「但管家把鑰匙給我們了，我們快快看一下，就會鎖回去。」

「你大可告訴他們這不是謀殺。」湯瑪斯先生說。「我心臟病發，痛得要死。」

我才不會跟他們講這種事，我雖然只有九歲，但我不是笨蛋。

「柵門有鑰匙嗎？」麗茲問，她現在非常專業。「因為我們到的時候，柵門是開的。」

「有，我們走的時候會一起鎖上。」第二位警察說。「警探，車子那樣停很聰明。」

麗茲舉起雙手，彷彿只是在說，這沒什麼，只是工作。「如果你們要忙，我們就不擋路了。」

剛剛對我講話的警察開口：「我們應該要知道寶貴的手稿長什麼樣，才能確保它是安全的。」

這是我媽該接的球。「他上禮拜才剛把原始檔用隨身碟寄給我，我覺得應該沒有副本了。他很疑神疑鬼。」

「我的確是。」湯瑪斯先生坦承。他的褲子又往下掉了。

「所幸有你們在這，不讓外人窺探。」第二位警察說。他跟另一個警察與媽媽、麗茲握手，最後向我握手。然後他們沿著碎石小徑朝湯瑪斯先生斷氣的綠色小型建築前進。後來我才曉得很多作家都死在書桌上，這肯定是高度危險的職業。

「冠軍，咱們走吧。」麗茲說。她想拉我的手，但我不讓她拉。

「一下下就好，站到游泳池那邊去。」我說。「妳們都要過去。」

「為什麼？」媽媽問。

我看著我媽，我想我從來沒有用這種眼神看過她（彷彿她是笨蛋一樣）。然後，我忽然覺得她真的很笨，她們都笨，更別說沒禮貌死了。

「因為妳的願望滿足了，我覺得妳得跟人家道謝。」

「噢，我的天啊。」媽媽再次拍打自己的額頭。「我在想什麼？雷吉，謝謝你，非常謝謝你。」

媽媽對著花床道謝，所以我拉著她的手臂，讓她轉過身去。「媽，他在這裡。」

她再次道謝，湯瑪斯先生沒有回應，似乎不太在乎。然後她走到游泳池畔麗茲所在的位置，這位警探又點起另一根菸。

我不需要道謝，當時我已經很清楚死人不在乎那種事了，但我還是說了聲謝謝。只是出於禮貌，再說，我要他再幫個忙。

「我媽的朋友。」我說。「那個麗茲？」

湯瑪斯先生沒有答腔，只是望著她。

「她還是不太相信我看得到你。我是說，她知道這邊有狀況，因為沒有哪個小孩能夠捏造出那整個故事，對了，我很喜歡喬治．崔基爾的下場……」

「謝謝，他罪有應得。」

「但她會在腦袋裡找到一套說法，她會用她想要的方式理解這件事。」

「她會合理化。」

「你說是就是囉。」

「就是。」

「這個嘛，你有沒有辦法讓她知道你在這裡？」我想起博奇特太太親吻她丈夫時，博奇特先生抓臉頰的時候。

「不知道。吉米，你知道我接下來會怎麼樣嗎？」

「抱歉，湯瑪斯先生，我不知道。」

「我猜我會自己搞清楚。」

他朝他再也不會游泳的游泳池走去。天暖的時候，會有人在裡頭加水，但那時他早就不在了。媽媽跟麗茲正低聲交談，還輪流抽起麗茲的菸。我不喜歡麗茲的另一點就是她讓我媽媽又抽菸了，只是偶爾抽，麗茲在的時候才抽，但還是抽了。

湯瑪斯先生站在麗茲面前，深呼吸，然後吹出來。麗茲沒有劉海好吹，她的頭髮全部綁成一個緊到不能再緊的馬尾，但她還是瞇起眼睛，彷彿是大風颳到臉上一樣，還往後退。我想要不是我媽媽拉住她，她可能會跌進泳池裡。

我說：「感覺到了嗎？」什麼蠢問題，她當然感覺到了。「那就是湯瑪斯先生。」

他現在離開我們，走回書房。

「湯瑪斯先生，再次謝謝你！」我喊著。他沒有轉頭，卻對我揚起一隻手，然後又插回褲子口袋裡。他的「水電工縫縫」我看得一清二楚（我媽媽看到男生穿低低的牛仔褲都會這麼說），如果這樣對你來說資訊還是太多，那真是太糟了。我們逼他（在一個小時裡！）說出他花了好幾個月想出來的故事，他無法拒絕，所以也許他的確有權利讓我們看他的屁股。

當然，只有我能「一飽眼福」。

14

該來聊聊麗茲．道頓了。聽好了，看看她是怎麼樣的人。

她一百六十七公分，跟我媽媽差不多高，有著一頭及肩的黑髮（就是她沒有把頭髮綁成警察工作允許的馬尾時），也有我四年級男同學口中的「火辣身材」（如果他們知道他們在講什麼的話啦）。她笑容燦爛，還有一雙通常看起來很溫暖的灰色眼睛——除非她生氣了，她生氣的時候，那雙灰色眼睛會變得跟十一月的雪雨天一樣冰冷。

我喜歡她，因為她可以很慷慨，好比說，我口乾舌燥時，她把剩下的漢堡王可樂拿給我喝，還不用我開口要求（我媽媽那時滿腦子就只有想到要問清楚湯瑪斯那本未盡之書的細節）。而且她偶爾會送我火柴盒小汽車，增加我的收藏，她偶爾還會坐在地上陪我玩。有時她會擁抱我，搓揉我的頭髮；有時她會搔我癢，直到我尖叫哀求她停下來，或是我不小心尿尿了……她說那叫「弟弟泡水」了。

我不喜歡她，特別是在我們從卵石小屋回去後，我注意到她有時會偷偷打量我，彷佛我是載玻片上的小蟲子一樣。那時的她眼神裡沒有溫暖。她說我的房間很亂時也是這種眼神，我的房間通常都很亂，但我媽媽似乎不介意。「我看了眼睛痛。」麗茲說道，不然她就會說：「傑米，你要一輩子都這樣嗎？」她也覺得我大到不用開夜燈了，但這種事我媽媽直接得出結論，就是：「麗茲，讓他開吧，等他準備好就不用夜燈了。」

最嚴重的一點是什麼呢？她偷走了我媽媽以往保留給我的一大部分注意力與感情。許久之後，我在大二的心理學課程讀到佛洛伊德的理論，我忽然想到，我小時候就是典型的母親固著（mother fixation），將麗茲視為對手。

哎呀，不然呢？

我當然會吃醋，我有理由吃醋。我沒有爸爸，甚至不曉得他是誰，因為我媽媽不肯談到他。後來我發現她的確有理由不談，但一直以來，我只知道「傑米，你跟我一起對抗世界」而已。直到麗茲出現之前，的確如此。你要記得，麗茲出現之前，我跟媽媽相處的時間也沒有很多，因為媽媽跟哈利舅舅中了詹姆士．麥肯錫的圈套（我跟這種人有同樣的名字，真是討厭），所以她大多忙著拯救版權公司。媽媽一直在爛泥漿裡尋找黃金，希望能遇到另一個珍．萊諾斯。

我們前往卵石小屋那天，我可以說我對麗茲的喜惡是差不多的，喜歡的程度可能高一點點，原因至少有四個：沒有看不起火柴盒小汽車與小卡車；坐在她們之間的沙發上看《宅男行不行》（The Big Bang Theory）有趣也舒適；我想要喜歡我媽喜歡的對象；以及麗茲讓媽媽很開心。後來（又是這個詞）則沒那麼開心。

聖誕節過得很棒。她們都送我很棒的禮物，我們早早去探花樓（Chinese Tuxedo）吃午餐，然後麗茲要去工作，她說：「因為犯罪行為不放假的。」所以媽媽跟我回到我們公園大道的老家。

我們搬走後，媽跟博奇特先生還保持聯絡，有時我們三個人會一起見見面。媽媽說：「因為他很寂寞，但還有另一個原因，為什麼呢？傑米。」

「因為我們喜歡他。」我說，此話屬實。

我們在他家公寓吃聖誕晚餐（事實上是扎巴爾（Zabar's）熟食鋪的火雞三明治佐蔓越莓醬），因為他女兒在西岸，趕不回來。這是我後來才曉得的事情。

而且，對，因為我們喜歡他。

我之前可能提過了，博奇特先生其實是博奇特教授，他現在是榮譽教授了，我因此明白，他退休了，但還是可以在紐約大學遊蕩，偶爾教幾堂他最拿手的課，也就是雙E課程，英國與歐洲文學（English and European Literature）。我有次誤把文學簡稱為lit，他就糾正我，說lit是在講燈光會亮（lit），或是喝醉了，話講不清楚。

總之呢，雖然沒有聖誕填料，蔬菜只有胡蘿蔔，那頓飯還是吃得輕鬆愉快，用餐後，我們還互送禮物。我送給博奇特先生一個雪景水晶球，他有在蒐集，後來才知道那是他太太的收藏，但他很喜歡，他向我道謝，然後把禮物跟其他雪景水晶球一起放在壁爐架上。媽送給他名為《新解福爾摩斯》的書，因為在他全職教課的年代，他教了一堂課，名為「英國小說裡的推理與歌德元素」。

他送給媽媽一個可以打開來的項鍊墜子，原本是他太太的。媽媽說這個東西應該留給他的女兒，博奇特先生卻說肖芳已經得到夢娜所有的上好珠寶，而且，再說，「缺席就沒戲」。我猜意思是說，如果他女兒（就我聽來，我以為她叫「小方」）懶得來東岸，那送她這件事就算了吧。我有點同意這個說法，因為誰曉得她跟她爸爸還能共度幾個聖誕節？他比上帝還老。再說，我很容易同情父親，畢竟我自己就沒有爸爸。我知道人家說，你不能想念你不曾擁有過的東西，這話多少是對的，但我知道我想念「某個東西」。

博奇特先生送我的禮物也是一本書，名為《未刪節童話故事二十則》。

「傑米，你知道『未刪節』是什麼意思嗎？」我猜他就是一日大學教授，終身大學教授吧。

我搖搖頭。

「你覺得呢？」他靠向前，扭曲腫脹的雙手夾在大腿之間，笑了笑。「你可以從書名的脈絡猜一猜嗎？」

「沒有經過審核？像是限制級的？」

「沒錯。」他說。「幹得好。」

「我希望裡面沒有很多性愛場景。」媽媽說。「他有高中生的閱讀能力，但他才九歲。」

「沒有性愛，只有精采的暴力場面。」博奇特先生說（那段日子我從來不叫他教授，感覺有點太自以為是了）。「舉例來說，在原始的灰姑娘故事裡，你會發現，那幾個邪惡的姊姊……」

媽面向我，用誇張的低語說：「要爆雷囉。」

博奇特先生不受打擾，他進入了教學模式。我不介意，很有趣。

「在原版故事裡，邪惡的繼姊姊為了要穿上玻璃鞋，把腳趾砍掉了。」

「噁！」我說道，但意思是，真噁心，快說下去。

「而且，傑米，玻璃鞋根本不是玻璃鞋。那似乎是翻譯上的錯誤，結果被華特．迪士尼化為不朽的意象，迪士尼就是童話故事的均值化加工廠。那個鞋子其實是用松鼠皮毛做的。」

「哇。」我說。這點沒有壞姊姊砍腳趾那麼精采，但我希望他說下去。

「在原始的青蛙王子裡，公主並不是親吻了青蛙，而是……」

「別說了。」媽說。「讓他讀書，他就可以自己了解了。」

「這樣最棒了。」博奇特先生附和道。「然後，傑米，也許我們能夠討論討論。」

我心想：你是說你討論，我負責聽吧？但也沒關係。

「我們要喝熱可可了嗎？」媽媽說：「雖然也是扎巴爾買的，但他們的熱可可最好喝了。我加熱一下就好。」

「來吧，麥克道夫。第一個哭喊『住手』的人就下地獄吧！」博奇特先生唸誦起《馬克白》裡的台詞，這是「好」的意思，上頭還加了鮮奶油。

在我的印象裡，那是我小時候最棒的聖誕節，從一早麗茲做的聖誕老人鬆餅，到博奇特先生公寓的熱可可，博奇特先生的公寓跟我與媽媽之前住的地方只有一條走廊的距離。跨年夜也過得不錯，但落球儀式開始時，我已經在沙發上睡著了，媽媽跟麗茲在我身旁。一切都很好，但到了二〇一〇年，爭吵就開始了。

在那之前，我媽跟麗茲會有所謂的「激烈討論」，大多圍繞在書上頭。她們有共同喜歡的作家（雷吉．湯瑪斯讓她們認識的，記得嗎？）、共同喜歡的電影，但麗茲覺得我媽太聚焦在銷售、預付金、作家的成績上，而不是故事本身。而且她還笑過媽媽代理的幾位作家，說他們「文筆很差」。我媽的反應是，這些文筆很差的作家替我們付房租與電費，更別說搞定了哈利舅舅待的安養之家開支，雖然他在那裡尿褲子沒人管。

然後她們的爭執開始轉向其他沒有書籍、電影那麼安全的話題，爭吵非常激烈，有時會吵政治。麗茲喜歡共和黨的約翰．博納（John Boehner），我媽都叫他約翰．勃起（Boner），我認識的朋友都說那叫「硬起來了」。也許她說的是「出醜」（pull a boner），但我不這麼想。我媽覺得民主黨的南希．佩洛西（Nancy Pelosi）是個勇敢的女人（另一個政治人物，你大概知道她還在），在「男孩俱樂部」工作。麗茲卻覺得她就是個基本的自由派傻瓜。

她們為了政治吵過最嚴重的一次，是麗茲說她不相信歐巴馬在美國本土出生，媽媽說她很蠢，還是個種族主義者。她們當時在臥室，門是關著的（她們大多這樣吵架），但她們的嗓門很大，我在客廳什麼都聽得一清二楚。幾分鐘後，麗茲走了，出去時還大力摔門，將近一個禮拜沒回來。她回來時，她們就和好了，在臥房和好，門還是關著。那個我也聽到了，因為親熱也滿吵的。悶哼、笑聲，還有床鋪彈簧發出的聲音。

她們也會為了警方的執法手段爭執，好幾年後才有「黑人的命也是命」（Black Lives Matter）運動。你大概猜到了，這是麗茲的痛點。媽抨擊她所謂的「種族貌相」，麗茲則說，特徵明確才能描述相貌（我那時聽不懂，現在也聽不懂）。媽說黑人跟白人犯下同一種罪，黑人會得到最重的徒刑，有時白人根本連牢都不用坐。麗茲反駁說：「妳讓我看任何城市的馬丁・路德・金恩大道，我也能讓妳看高犯罪率的區域。」

吵架的內容距離我們的生活愈來愈近，就算我還是個小孩子，我也知道其中的重要原因——她們喝太多了。以往媽媽一週會準備兩到三次的熱騰騰早餐，差不多已經不存在了。我早上走出房間，看到她們穿著同款浴袍，捧著馬克杯裡的咖啡，臉色蒼白，雙眼泛紅。垃圾桶裡會有一堆香菸屁股，以及三個空酒瓶，有時會有四個。

我媽會說：「傑米，我換衣服的時候，你自己倒點果汁跟穀片吃。」而麗茲會叫我小聲點，因為阿斯匹靈的藥效還沒起作用，她的頭痛得要死，而她要嘛要去局裡報到，要嘛需要跟監什麼的。不過不是桑普的案子，她沒進入特別小組。

在這些早晨，我喝果汁、吃穀片的時候都小聲得跟老鼠一樣。等到媽媽穿好衣服，準備走路送我上學的時候（無視麗茲說我已經大到可以自己出門了），她已經醒酒醒得差不多了。

這一切對我來說似乎都很正常。我覺得世界差不多要到你十五、十六歲的時候才會聚焦起來，在那之前，有什麼狀況，你就是要適應。起床時沙發上有兩個喝咖啡的宿醉女人，這種畫面本來只是偶爾，最後變成常常出現。我甚至沒有注意到酒味已經滲透進一切。某部分的我一定注意到了，因為多年之後，我上了大學，我的室友在我們的小客廳裡打翻了金芬黛葡萄酒，一切回憶忽然湧上心頭，力道之大彷彿是往臉上砸來的木板。麗茲糾結的頭髮、我媽眼窩深陷的雙眼，以及我曉得該如何以緩慢、不發出聲響的方式關上我們放穀片的櫥櫃。

我跟室友說，我要去便利商店買菸（對，我最後還是養成了這個特別糟糕的習慣），但基本上只是想逃離那種氣味。在看見死人（對，我還是看得到）跟聞著灑出來的酒回想過去，要我選，我會選擇死人。

我每次都會選這個。

15

媽媽花了四個月撰寫《雷亞納克的秘密》，期間她可靠的錄音機都擺在身旁。我有次問她，寫湯瑪斯先生的書是不是像畫畫？她想了想，說感覺更像是在畫那種已經標好數字先後，只要按照順序著色的塗鴉畫，只要跟著說明，最後就會畫出理當足以「框起來」的東西。

她雇用了一位助理，這樣她才能基本上全職寫作。有次送我上學路上（在二〇〇九年到二〇一〇年的冬天，這是她偶爾可以出來透透氣的時段），她說她請不起助理，卻也負擔不起不請助理。芭芭拉．明絲剛從瓦薩學院英文系畢業，願意接受版權公司的低薪與工時，換取經驗，她其實挺能幹的，是個好幫手。我喜歡她那雙綠色的大眼睛，我覺得很美。

在那幾個月裡，媽媽寫作，媽媽修改，媽媽讀其他雷亞納克系列的書，希望沉浸在雷吉．湯瑪斯的風格之中。她聽著我的聲音，她倒帶也快轉，填補起畫面。有天晚上，她們喝到第二瓶酒，我聽到她對麗茲說，她只要再寫到類似「高聳堅挺的乳房上有粉色的乳頭」的句子，她就要發瘋了。她也要接業界人士打來的電話（有次專報《紐約郵報》藝文消息的「第六版」來電），詢問湯瑪斯最後一本書的狀況，因為流言滿天飛〔我因此想到蘇．葛拉芙頓（Sue Grafton）過世的時候，她的字母推理系列還有一本沒寫完〕。媽說她不喜歡撒謊。

「啊，但妳很在行。」我記得麗茲是這樣回答的，她因此得到媽媽的冷眼，在她們關係的最後幾年裡，媽媽很常這樣看她。

她也騙了雷吉的編輯，說雷吉死前特別叮囑，最後一集的手稿必須壓到二〇一〇年才能問世，這樣才能累積讀者的興趣。麗茲覺得這說詞有點站不住腳，但媽媽覺得行得通。「反正費歐娜不改稿的。」她說。指的是費歐娜．亞伯，雙日出版社的編輯，湯瑪斯先生的書都是他們出版的。「她唯一的工作就是在收到新手稿之後，寫封信給他，說他這次的表現又贏過先前的自己了。」

書稿終於交出去後，整個禮拜，媽媽不斷踱步，對大家發脾氣（我也沒躲過她的砲火），等著費歐娜來電說：「這本書才不是雷吉寫的，文筆一點也不像他，緹雅，我覺得這書是妳寫的。」不過，結果沒事。費歐娜要嘛是沒想到，要嘛是不在乎。顯然當書火速出版，在二〇一〇年秋天問世時，讀者都沒猜到書不是雷吉寫的。

《出版家週刊》：「湯瑪斯把精華留到最後！」

《寇克斯書評》：「甜蜜兇殘歷史小說的讀者會再次體驗舊時的性愛狂熱。」

《紐約時報》的德懷特・迦納（Dwight Garner）：「費力艱辛、平淡無味的文字就是典型的湯瑪斯作品，差不多就像在路邊令人存疑的自助餐餐廳，夾了一盤子大雜燴一樣。」

媽媽才不在乎評論怎麼說，她只在乎龐大的預付金與雷亞納克系列前面幾集續約的版稅。她抱怨起她寫了整本書卻只能得到百分之十五的抽成，但她復仇的小方法是把這本書獻給自己，她說：「因為我值得。」

「這我就不確定了。」麗茲說。「仔細想想，緹，妳充其量只是個秘書，也許妳該把書獻給傑米。」

這話讓媽媽又賞了麗茲一個冷眼，但我覺得她說的也不錯。只不過呢，當你真的仔細想想之後，我其實也只是個秘書。不管湯瑪斯先生是死是活，這都是他的書。

16

現在聽好了，我至少已經跟你說過幾個我喜歡麗茲的原因，大概還有其他原因。我也跟你說過我不喜歡她的理由，大概也還有幾個沒提到。我當時沒察覺，一直到後來才想到（對，又是這個字眼），她可能也不是很喜歡我。我怎麼會沒注意到呢？我很習慣人家愛我，基本上已經不足為奇了。我的母親與老師愛我，特別是威考克斯老師，我三年級的老師，放長假之前，她擁抱我，說她會想我。我最好的朋友法蘭基·萊德跟史考特·亞邦馬維茲也很愛我（但我們當然不會講出來，或那樣想）。別忘了莉莉·瑞哈特，她曾經親吻我的嘴巴。在我轉學前，她還送我一張卡片，正面是一隻看起來可憐兮兮的小狗，裡頭寫著「你不在，我每天都想你」。她簽名時，還在名字裡畫上了愛心，以及很多擁抱與親吻。

麗茲至少有陣子「喜歡」我，這我確定。不過在卵石小屋事件後，狀況開始改變。她就是那時開始覺得我是畸形生物。我覺得，不，我很清楚，麗茲就是那時開始怕我，而要喜歡你害怕的東西實在很困難。也許是不可能的事。

雖然麗茲覺得九歲已經大到可以自己放學回家了，但她值小夜班的時候，她有時會來接我下課，小夜班就是早上四點上班，中午下班。警探通常都會避開這種時段，但麗茲很常值這個班。這是另一件當時的我很少去想的事情，但後來（對，又來了，嗯哼、嗯哼、好棒棒），我發現她的主管其實不是很喜歡她，或信任她。這跟她與我媽媽的關係無關，說到性，紐約市警走進二十一世紀的速度也夠慢了。也不是因為酗酒，因為她不是唯一一個有這問題的警察。不過呢，某些同事開始懷疑麗茲是個壞警察，（爆雷囉！）而他們是對的。

17

我必須特別跟你說說兩回麗茲來接我的事情。這兩次她都開車來（不是我們開去卵石小屋的車，而是她所謂的私家車）。第一次是二〇一一年，她跟媽媽還在一起的時候；第二次發生在二〇一三年，那時她跟媽媽已經分手差不多一年左右。我會解釋的，但一件一件來。

那是一個三月天，我從校門走出來，背包掛在一邊肩膀上（因為帥氣的六年級男生都背單肩），而麗茲坐在她的Honda Civic上等我，車子停在黃色的區域上，這是殘障人士進出的地方。不過她的儀表板上亮出了「警察執勤」的牌子……你大可爭論，但就算只有十一歲，從這點就看得出來她的人品不是太好。

我上了車，聞到菸味，味道重到後照鏡掛的小小松樹芳香劑都遮蓋不了，我盡量不皺起鼻子。多虧了《雷亞納克的秘密》，我們終於有了獨立的公寓，不用繼續住在版權公司，所以我以為會直接回家，但麗茲反而轉向市區。

「我們要去哪？」我問。

「冠軍，小小的校外教學。」她說。「你等等就知道。」

校外教學的目的地是布朗克斯的伍德勞恩墓園（Woodlawn Cemetery），爵士樂手艾靈頓公爵（Duke Ellington）、《白鯨記》作者赫爾曼．梅爾維爾（Herman Melville）、有「蝙蝠」之稱的陸軍偵察員巴塞洛繆．馬斯特森（Bartholomew Masterson）及其他人都長眠於此。我之所以知道這些人是因為我查過，後來還寫了一篇伍德勞恩墓園的報告交作業。麗茲從韋伯斯特大道開始，然後沿著每一條小路前進。

那裡看起來很漂亮，但也有點嚇人。

「你知道有多少人埋在這裡嗎？」她問，我搖搖頭，她又說：「三十萬人，不到坦帕的人口，但也差不多了。我在維基百科查的。」

「我們來幹嘛？因為有趣歸有趣，但我還有功課要寫。」這有點算撒謊，因為我大概半小時就可以寫完。那天陽光燦爛，她看起來還算正常（就是麗茲，我媽媽的朋友），但是這種校外教學還是有點可怕。

她完全不在乎作業的說詞。「一直有人埋進來，你看左邊。」她指過去，車速也從時速四十公里放慢到龜速爬行。她指的地方是一處挖開的墳地，棺材周圍站了一圈人。類似牧師的人站在墳頭，手裡有一本打開的書。我知道他不是猶太拉比，因為他沒有戴小小的帽子。

麗茲停下車。參加葬禮的人都沒注意到，他們專注地聆聽牧師講的話。

「你看得到死人。」她說。「我現在接受了。在湯瑪斯家之後，我不得不接受。你在這裡有看到嗎？」

「沒有。」我覺得更不安了。不是因為麗茲，而是因為我剛剛得知有三十萬具屍體就在身邊。雖然我知道死者過幾天就會消失（頂多一週），我卻以為我會看到他們站在自己的墳頭或旁邊。然後也許往我們靠近，就跟該死的喪屍電影一樣。

「你確定嗎？」

我看著葬禮（或喪禮，隨便你怎麼叫），牧師肯定是開始禱告了，因為來哀悼的人都低下頭。除了一個人，他就站在那裡漠不關心地望向天空。

「那個穿藍色西裝的人。」我終於開口。「沒有打領帶的那個，他大概死了，但我不確定。如果他們死的時候沒有外傷，那我也看不出來，他們就跟其他人沒兩樣。」

「我沒有看到沒打領帶的人。」她說。

「噢，好，那他就死了。」

「他們都會來自己的葬禮嗎？」麗茲問。

「我怎麼會知道？麗茲，這是我第一次來墓園。我的確在葬禮上見到博奇特太太沒錯，但我對墓園一無所知，因為我跟我媽沒事不會走這邊，我們會直接回家。」

「但你看到他了。」她望著哀悼的人，彷彿陷入出神的狀態。「你可以過去跟他交談，就跟你那天跟雷吉·湯瑪斯講話一樣。」

「我才不要過去！」我不想說我是在尖叫，但也差不多了。「當著他朋友的面？當著他妻子與孩子的面？妳不能逼我！」

「冠軍，冷靜點。」她搓揉起我的頭髮。「我只是要釐清思緒。你覺得他是怎麼來的？因為他肯定不是搭Uber來的。」

「我不知道。我要回家。」

「快了。」她說，然後我們繼續開車繞墓園，經過一座座墓穴、紀念碑跟十億個普通的墓碑。我們經過正在進行的三場葬禮，兩場跟第一場一樣，規模比較小，沒人看得見的主角也在場，還有一場超盛大的，差不多有兩百個人聚集在山坡上，主持的人還要拿麥克風（他有戴小帽子，披了一條很酷的披肩）。每次麗茲都問我有沒有看到死人，我都告訴她我不知道。

「就算有，你大概也不會告訴我。」她說。「我看得出來你不高興。」

「我沒有不高興。」

「但你有，如果你跟緹說我帶你來這裡，我跟她大概又要吵架了。我猜你應該不會跟她說，我帶你去吃冰淇淋，對吧？」

我們差不多要回到韋伯斯特大道，我感覺好一點點了。我告訴自己，麗茲有權利好奇，任何人都會好奇。「也許妳可以真的帶我去吃冰淇淋。」

「收買！這是B級重罪！」她大笑起來，揉亂我的頭髮，我們差不多又和好了。

離開墓園後，我看到一位坐在長椅上等公車的女人，她穿了一件黑色的洋裝。身穿白色裙裝跟黑色鞋子的小女孩坐在她身旁。女孩有一頭金髮，粉紅色的臉頰，喉嚨上有一個開口。我向她揮揮手。麗茲沒看到，她在鑽空隙，這樣她才能轉彎。我沒說我看見小女孩。那天晚上，吃完晚餐後麗茲就離開了，可能是去工作，可能回她家，我差點就跟我媽講了。最後我還是沒有說，最後我還是把那個金髮小女孩藏在心底。後來我猜想她脖子上的那個開口是因為她吃東西時嗆到，他們必須切開她的喉嚨，這樣她才能呼吸，但還是太遲了。她坐在她母親身邊，她的母親當時並不知情。不過，我知道，我看到了。我向她揮手的時候，她也向我打招呼。

18

我們去連鎖冰淇淋店的時候（麗茲打電話給我媽，告訴她我們在哪、忙什麼），麗茲說：「你有這種能力，感覺一定很怪，超怪的。你不會害怕嗎？」

我想問她，仰望夜空看星星，知道它們永遠都會在那裡的時候，她會害怕嗎？但我懶得問。我只有說不會。再神奇的畫面你都會習慣，你會覺得理所當然。你盡量不這麼想，但看久了還是會覺得不足為奇。重點在於，到處都有驚奇，到處都是。

19

我馬上就會提到麗茲另一次來接我時發生的事，但首先，我得先告訴你她們分手那天的狀況。相信我，那天早上真是可怕到不行。

我那天在鬧鐘響之前就醒了，因為媽媽正在大吼。我之前聽過她生氣，但沒有那麼生氣。

「妳把那個帶進我家？我跟我兒子住的地方？」

麗茲回答了什麼，但有點模糊，我聽不清楚。

「妳不覺得這跟我有關嗎？」媽媽高聲地說。「在警察節目裡，他們說那叫『沉重的一磅』[1]！我可能會被當成從犯去坐牢！」

「不要這麼誇張。」麗茲的嗓門變大了。「根本就不可能……」

「那不重要！」媽媽大吼。「就在這裡，東西還在這裡！就在他媽的桌子上，旁邊還有他媽的糖罐！妳把毒品帶進我家！沉重的一磅！」

「妳可不可以不要一直那樣講？這不是什麼《法網遊龍》（Law & Order）。」現在麗茲又提高音量了，她生氣了。我站著，耳朵貼在臥房門上，光著腳，穿著我的睡衣，心跳開始加速。這不是討論或理論，不是那種程度，更嚴重。「如果妳不翻我的口袋……」

「妳要說的是翻妳的東西嗎？我是在幫妳忙！我要把妳備用的外套跟我的羊毛裙一起拿去洗衣店。東西在那多久了？」

「只有一下下。原本的主人不在城裡，他明天就會……」

「多久了？」

麗茲的回答又變得很小聲，我又聽不清楚了。

「那為什麼要帶來這裡？我就是不懂這點。為什麼不放在妳家的槍枝保險櫃裡？」

「我沒有……」她打住。

1. 譯註：原文serious weight，指的就是一磅重的毒品，衍生為毒品的意思，中文沒有直接對應的說法，故意譯。

「沒有什麼？」

「沒有槍枝保險櫃。而且我家那邊有人闖過空門。再說，我都在這裡，我們整個禮拜都在一起，想說這樣我可以少跑一趟。」

「少跑一趟？」

對此麗茲沒有回應。

「妳公寓沒有槍枝保險櫃，妳還騙了我多少事？」媽媽的語氣聽起來沒有繼續生氣，至少那時沒有。她聽起來很受傷，好像要哭了一樣。我想出去，叫麗茲離我媽媽遠一點，但我媽媽已經開始跟她保持距離了，因為她找到了所謂的「沉重的一磅」。不過，我還是站在原地聽，渾身顫抖。

麗茲又咕噥說了什麼。

「所以妳在局裡才有麻煩？妳也會用嗎……還是運送那玩意兒？散布那玩意兒？」

「我沒有用，我也沒有散布！」

「好啊，那妳至少是把東西轉手出去。」媽媽又提高嗓門。「那聽起來就像散布。」然後她回到真正困擾她的狀況上，呃，不止一個狀況，而是讓她最擔心的狀況。

「妳把東西帶到我的公寓，我兒子在這裡。妳把槍鎖在車上，這點我很堅持，但我卻在妳備用的外套口袋裡找到兩磅古柯鹼。[2]」她居然大笑起來，但不是覺得事情很好笑的那種笑聲。「妳的備用警察外套！」

「才沒有兩磅。」聽起來生氣了。

「我在我爸爸的市場秤肉長大。」媽說。「用手掂一掂我就知道有兩磅。」

「我會帶走。」她說。「現在就走。」

「麗茲，妳倒是快點，然後妳可以回來收拾妳的物品，約時間回來拿，我在而傑米不在的時候。其他時間不准過來。」

「妳不是認真的。」麗茲說道，但就算隔著門，我也聽得出來她不信她自己講的這句話。

「我非常認真。我會賣妳一個人情，不會跟妳的主管報告這件事，但如果妳有膽再出現在這裡……除了來收拾妳的東西那次，我就會去報告。我說話算話。」

「妳要趕我出去？認真的？」

「認真的，現在拿著妳的毒品滾出去。」

2. 譯註：這裡為呼應前面磅的單位，兩磅約九百多克。

麗茲開始哭。太可怕了，然後在她離開後，媽也開始哭，感覺更糟。我走出房間，進廚房擁抱她。

「你聽到多少？」媽問道，但在我能回答前，她自己說：「我猜都聽到了。傑米，我就不騙你了，也不會隱瞞什麼。她有毒品，很多毒品，我希望你什麼都不要說出去，好嗎？」

「真的是古柯鹼嗎？」我也開始哭，但那時我還沒有注意到我掉眼淚了，直到我聽到自己的聲音沙啞了起來。

「是，而既然你已經懂了，我也大可告訴你，我在大學的時候試過兩次。我找到了一袋東西，嚐了一點，我的舌頭就麻了。的確就是古柯鹼沒錯。」

「但現在不在了。她拿走了。」

好母親就會知道孩子在怕什麼。評論家也許會說那叫浪漫的想法，但我覺得那只是很實際的事實。「她拿走了，我們沒事了。這樣開始一天也太討厭了，但已經結束了。我們劃一條線，從這裡重新開始。」

「好，但……麗茲真的不是妳朋友了嗎？」

媽媽拿一條擦碗盤的抹布擦臉。「我覺得她已經不是我的朋友很久了，我只是沒有注意到。現在換衣服準備上學吧。」

那天晚上我寫功課的時候，我聽到廚房傳來咕嚕咕嚕的聲音，還聞到酒味。味道比平常還強烈，比媽媽跟麗茲喝很兇的時候都強烈。我走出房間，看看她是不是打翻酒瓶了（但沒有玻璃破裂的聲音），我看到媽媽站在水槽旁，一手紅酒、一手白酒。她把酒統統倒進水槽裡。

「為什麼要把酒倒掉？壞了嗎？」

「某種程度來說，我想它們差不多八個月前就壞掉了。是時候該停下了。」她說。

我後來才知道我媽跟麗茲分手後，她去過一陣子匿名戒酒會，但覺得她不需要（「老男人哀嘆起三十年前喝的那杯酒。」她說）。我不覺得她徹底滴酒不沾，因為偶爾她向我道晚安的時候，我會聞到她鼻息裡的酒氣，也許是因為跟客戶一起吃晚餐。如果她在家裡藏酒，那我不曉得她藏在哪裡（是說我也沒有認真找過啦）。我只知道，在接下來的幾年裡，我再也沒有見過她醉醺醺或宿醉的模樣。這樣對我來說已經夠好了。

20

那次之後，我許久沒有見到麗茲．道頓，差不多一年多一點時間。我一開始還挺想她的，但這種心情沒有持續多久。每次我想她的時候，我就提醒自己，她把我媽害得很慘。我一直等著媽媽再交一個會來過夜的朋友，但她沒有，一直沒有。我問過她，她說：「一朝被蛇咬，十年怕草繩。我們沒事，這才是最重要的。」

我們的確沒事。多虧了雷吉．湯瑪斯（新作在《紐約時報》暢銷書榜上長達二十七週），還有兩個新客戶（其中一位是芭芭拉．明絲挖掘的新秀，芭芭拉現在是全職人員，二〇一七年的時候，她的名字也出現在版權公司的大門上），公司這才真正站穩腳步。哈利舅舅回到貝永的安養機構（同樣的硬體，新的管理人員），雖然不是很棒，但也比之前好多了。媽媽早上再也不會發脾氣，也開始買新衣服了。「不得不買。」那年她告訴我：「戒酒後我瘦了七公斤。」

那時我開始上中學了，中學某些層面很爛，其他則還好，有一個超棒的好處，那就是最後一堂沒課的運動員選手可以去健身房、美術教室、音樂教室，或簽退閃人。我加入的是籃球後備隊伍，球季結束了，但我還是算運動員。某些日子，我會去美術教室看看，因為名叫瑪麗．歐麥利的性感小妞偶爾會在這裡出現。如果她沒有在畫水彩，那我就直接回家。天氣好就走路（不用說，我自己走），天氣不好就坐巴士。

麗茲．道頓重回我生命那天，我甚至沒去找瑪麗，因為我的生日禮物是一台新的Xbox，我想回家玩。我一直走了出去，背包背在肩上（不再是掛一邊，六年級是史前年代了），她才叫住我。

「嘿，冠軍，你怎麼樣？小朋友。」

她靠在她的私家車上，腳踝交叉，穿著牛仔褲跟低胸上衣。上衣外頭不是大外套，而是輕便夾克，但胸口還是有紐約市警的字樣，她跟過去一樣翻開外套讓我看她的肩背槍套，這次裡頭不是空的。

「嗨，麗茲。」我咕噥著說。我低頭看著我的鞋子，轉頭面向街道。

「等等，我得跟你談談。」

我停下腳步，卻沒有轉過去。她好像是希臘神話裡的女妖美杜莎（Medusa），只要看她那顆長滿毒蛇的臉一眼，我就會變成石頭。「我覺得還是不要比較好。媽媽會生氣。」

「她不需要知道。傑米，請你轉過來，只看你的背影真是要我的命。」

她聽起來彷彿真的很難過，我也因此覺得很難過。我轉過身。夾克蓋回去了，但我還是看得到手槍鼓起的形狀。

「我要帶你去兜兜風。」

「這不是好主意。」我說。我想起一個名叫蕾夢娜・尚伯格的女孩，學年開始時，我有幾堂課跟她同班，之後她就消失了。我的朋友史考特・亞邦馬維茲告訴我，她爸趁著在打監護權官司時，把她帶去某個沒有引渡條款的地方。史考特說，他希望那裡至少有棕櫚樹。

「冠軍，我需要你的能力。」她說。「真的很需要。」

我沒有回話，但她肯定看到我的動搖，因為她對我微笑，是那種燦爛的笑容，笑意延伸到她灰色雙眼的笑。今天她的眼睛一點也不冰冷。「也許不會有什麼結果，但我想試試看。我要你試試看。」

「試什麼？」

她沒有回答，那時沒有，她只是對我伸出手。「雷吉・湯瑪斯過世的時候，我幫了你媽，你現在不願意幫我嗎？」

技術上來說，我才是那天幫我媽的人，麗茲只是開快車上了史布蘭溪公園大道，但當我媽只想要繼續前進的時候，是麗茲停車替我買華堡，我講話講到嘴乾時，也是她讓我喝剩下的可樂。於是我上了車。我覺得不妙，但我還是上了車。大人是有力量的，特別是他們哀求的時候，麗茲當時就是在求我。

我問麗茲我們要去哪裡，她說先去中央公園，也許之後還有兩個地方要去。我說如果我五點前沒到家，我媽會擔心。麗茲說她盡量，但這件事很重要。

於是她就告訴我到底是怎麼回事。

21

一個自稱「桑普」的人將第一顆炸彈放在伊斯特波特（Eastport），這個長島小鎮距離史畢揚克「哈利舅舅的小屋」不遠（文學笑話）。這是一九九六年的事，桑普將一管炸藥連著計時器，擺在金庫倫超市（King Kullen）廁所外頭的垃圾桶裡。所謂的計時器只是一個廉價的鬧鐘，但真的可以用。炸彈在晚上九點引爆，那時超市差不多要關門了。三人受傷，都是超市員工，其中兩人只是皮肉傷，但第三位受害者在炸彈爆炸時剛從男廁走出來，他一眼失明，右手手肘以下也沒了。兩天後，一封信出現在薩弗克郡警察局，那是用IBM Selectric打字機打的訊息，上頭寫著：你們覺得我至今的作品如何？後面還有，敬請期待！桑普。

桑普的炸彈一直到第十九顆才真正要了人命。「十九！」麗茲驚呼。「他不是沒有努力喔，他在五個行政區都有放置，還有兩次跑去紐澤西的澤西市跟利堡。所有的炸藥都是加拿大製造的。」

但殘廢與受傷的人數很多。當他終於殺害不小心拿起萊辛頓大道公用電話話筒的那個人時，傷者已經高達五十人。每次爆炸案發生後，轄區警局就會收到一封信，而那封信永遠都是同樣的內容：你們覺得我至今的作品如何？後面還有，敬請期待！桑普。

理查·史卡利斯（就是使用公用電話的人）出事之前，爆炸案之間都相隔很久，最接近的兩起間隔六週，最遠的兩起則差不多相隔了快一年。不過，在史卡利斯之後，桑普開始加快腳步，炸彈愈來愈大，計時器也安裝得愈來愈精良。一九九六年到二〇〇九年之間發生十九起，加上公共電話則是二十起。在二〇一〇年到二〇一三年那個美好的五月天，麗茲回到我生命中時，他又安裝了十顆炸彈，炸傷二十人，殺害了三人。到這個時候，桑普已經不只是都市傳說或經常登上紐約一號頻道的消息，那時全國都曉得他這號人物了。

他很會躲監視攝影機，他躲不掉的也只會拍到一個身穿外套、戴著墨鏡的人，洋基隊鴨舌帽壓得低低的。他會一直低著頭，帽子邊緣跟後方露出一些白髮，但那可能是假髮。在他長達十七年的「恐怖時期」之中，總共有過三個不同的小組想要逮捕他。第一組在他的蟄伏中解散，警方以為他的活動結束了；第二組人馬則在警局大改組後解散；第三組人力則是從二〇一一年開始，那時桑普顯然已經暴走了。我們前往中央公園的路上，麗茲沒跟我提到這些，跟其他很多事情一樣，這些都是我後來才曉得的。

終於，兩天前，他們等到了期待的案件突破。人稱「山姆之子」的大衛．伯科維茨（David Berkowitz）因為停車罰單落網、泰德．邦迪（Ted Bundy）因為忘了開頭燈被捕、本名為肯尼斯．亞倫．塔利歐的桑普會遭到鎖定是因為大樓管理員倒垃圾那天出了小意外。他推著裝滿廢棄瓶瓶罐罐的推車沿著巷子前往大門收垃圾的地點，撞到路上的坑洞，瓶罐撒落一地。他收拾殘局時，看到一團電線跟一片黃色的紙張，上頭印著「堪納柯」的字樣。如果就只有這些東西，他也許不會報警，但不只如此，連在電線上的還有「戴諾．諾貝爾」（Dyno Nobel）公司的爆破雷管。

我們抵達中央公園時，已經有很多一般的警車停在那裡了（我後來才曉得，中央公園有自己的轄區警力，是二十二分局）。麗茲將她小小的警察牌子擺在擋風玻璃後方，我們沿著八十六街走了一小段，轉進一條小路，前往亞歷山大．漢密爾頓（Alexander Hamilton）的雕像。這件事我不是後來才知道的，牌子還是匾額上寫得很清楚。

「管理員用手機拍下電線、紙張還有雷管的照片，但警方一直到隔天才收到。」

「就是昨天。」我說。

「對，我們一看到，就曉得這是我們在找的人。」

「當然，因為爆破雷管。」

「對，但不只那個，那張紙片？堪納柯是一間加拿大公司，專門生產炸藥。我們要來大樓住戶的名冊，無需實地考察就能過濾掉一些人，因為我們曉得我們要找的是男性，大概單身，應該是白人。符合這幾個條件的房客只有六人，其中一個人曾在加拿大工作過。」

「用Google搜尋他們，對嗎？」我開始感興趣了。

「說對了，但還有別的線索。我們發現肯尼斯．塔利歐有美國與加拿大的雙重國籍，他在兩地都進行某些營造工作，還有一些以壓裂法開採頁岩油的地方。他就是桑普，差不多可以確定了。」

我只有速速看了亞歷山大・漢密爾頓一眼，但只能看到牌子，以及他花俏的褲子，麗茲就牽起我的手，帶我朝一條小路前進，走到雕像後方。好啦，她其實是拖著我過去的。

「我們跟特種武器和戰術部隊一起進去，但他的巢穴空空如也，呃，不是空無一物的空，他的東西都還在，但他人不在。不幸的是，管理員把他發現的狀況講了出去，明明我們要求他不要聲張的，他跟某些房客講，消息就傳了出去。我們在公寓裡找到一台IBM Selectric。」

「那是打字機？」

她點點頭。「那種寶貝上會有幾組不同的字體，其中一組就符合桑普信件上的字體。」

在我們前往小徑，以及去到已經不在現場的長椅那邊時，我得先告訴你一些我後來才曉得的狀況。她說起塔利歐是怎麼出紕漏的，這點沒錯，但她一直用「我們」這個詞。「我們」這個，「我們」那個，但麗茲當時已經不是桑普調查小組的一員了。她原本是第二組人馬的一份子，早在部門大整肅時就跟著收攤的第二組，那時大家跟斷頭的雞一樣亂竄求生，但到二〇一三年的時候，麗茲．道頓只剩腳尖還踩在紐約市警裡，因為警察現在有了很厲害的工會，她的其他部位已經在警局門外了。內務部就跟盤旋在路殺動物屍體上的禿鷹一樣，而她來接我的這天，上面根本沒有指派她任何任務，連調查亂丟垃圾的累犯都沒有。她要的是一場奇蹟，而我理當就是這個奇蹟。

「今天。」她繼續說。「各個轄區內的警察都曉得肯尼斯．塔利歐的名字與外觀，除了攝影機鏡頭，每雙眼睛也都盯著出城的車輛與人員。我相信你知道，紐約已經有很多攝影機了。逮捕這傢伙，無論死活，都是首要任務，因為我們擔心他決定來場發光發熱的告別秀。也許在薩克斯第五大道或大中央總站引爆炸彈，只不過，他幫了我們一個忙。」

她停下腳步，指著小路旁邊的地方。我注意到那裡的草被踩扁了，彷彿是有人站在那裡過。

「他跑來公園，坐在長椅上，然後用一把儒格點四五英寸口徑的柯特自動手槍轟掉自己的腦袋。」

我驚懼地望向那個地方。

「長椅搬去紐約市警位於牙買加區的鑑識實驗室了，但他就是在這裡飲彈身亡的。所以大問題來了，你看到他了嗎？他在這裡嗎？」

我張望起來。我完全不曉得肯尼斯・亞倫・塔利歐長什麼模樣，但如果他轟掉自己的腦袋，我猜我應該不至於認不出來。我看到幾個孩子在丟飛盤給狗狗接（狗繩沒有繫起來，違反中央公園規定），我看到幾位女性在慢跑，兩個人在玩滑板，還有幾個老傢伙在小徑遠處讀報，但我沒看見腦袋上有洞的人，我直接告訴她。

「該死。」麗茲說。「好，沒事。我們還有兩次機會，至少就我猜還有兩次。他在七十街的天使城醫院擔任護工，跟他的營建工作相比真是不堪，但他已經七十幾歲了，而他住的大樓位於皇后區。冠軍，你覺得呢？」

「我覺得我想回家了，他可能在任何地方。」

「是嗎？你不是說他們都會在生前待的地方遊蕩嗎？然後，不知道耶，然後他們才煙消雲散？」

我根本不記得我講過這種話，但的確沒錯。不過呢，我覺得自己愈來愈像蕾夢娜・尚伯格了，換句話說，就是成為肉票。「何必呢？他都死了，對不對？結案了？」

「並不盡然。」她彎腰，望著我的雙眼。二〇一三年的時候，她不用整個蹲下去，因為我已經長高了。沒有我現在的一百八十公分那麼高，但高了幾公分。「他胸口有一張字條，上頭寫著『還沒完，還有一場大戲。去死，咱們地獄見。』署名是桑普。」

呃，這樣狀況就不一樣了。

22

我們先去天使城醫院，因為那裡比較近。前門沒有頭殼有洞的人，只有幾個抽菸的傢伙，所以我們從急診大門進去。這裡人很多，有個人的頭在流血，就我看來傷口像割傷，不是槍傷，而且他比麗茲描述的肯尼斯．塔利歐還年輕，但保險起見，我還是問她看不看得見他。她說看得到。

我們前往櫃檯，麗茲亮出警徽，表示自己是紐約市警的警探。她問起醫院裡有沒有工作人員放私人物品、換班換衣服的地方，櫃檯的女士說有，但其他警察已經來過，還把塔利歐的置物櫃清空了。麗茲問那些警察還在嗎？女士說不在，他們幾個小時前就離開了。

「但我還是想看一看。」麗茲說。「告訴我該怎麼過去。」

女士說搭電梯到地下一樓，往右轉，然後她對我笑著說：「年輕人，今天幫媽媽辦案嗎？」

我考慮說：呃，她不是我媽，但我猜，如果塔利歐先生還在附近的話，我看得到他，那我的確是在幫忙辦案沒錯。不過這種話當然不能說出口，於是我陷入兩難。

麗茲反應可快了，她解釋起學校護士覺得我可能罹患了傳染性單核白血球增多症，所以帶我來醫院檢查，順便看看塔利歐工作的地方，一石二鳥什麼之類的。

「你們最好還是找自己的醫生。」櫃檯女士說。「這地方今天跟瘋人院一樣，你們會等上幾個小時。」

「最好還是這樣。」麗茲附和道。我發現她回話回得很流暢，撒謊撒得臉不紅氣不喘。我無法決定自己是覺得噁心還是讚賞，我猜兩者都有一點吧。

櫃檯女士靠向前，她超大的胸部把她的文件往前擠開，看得我驚嘆不已，想到在電影裡看過的破冰船。她壓低聲音，「我就跟你們直說了，大家都很震驚。肯尼斯是這裡最老的護工，人也最好，工作認真，想讓每個人開心。如果有人請他做事，他總是非常樂意，臉上還會掛著微笑。想到我們跟殺人兇手共事！這樣說明了什麼，你們知道嗎？」

麗茲搖搖頭，顯然不耐地只想繼續前進。

「這只說明知人知面不知心。」櫃檯女士說，彷彿是在分享什麼了不起的真理一樣。「知人知面不知心！」

「不過他的確掩飾得很好。」麗茲說。我心想：妳跟他根本半斤八兩。

進了電梯，我問：「如果妳是調查小組的一員，妳為什麼沒有跟調查小組一起來？」

「冠軍，別傻了。我要怎麼帶你進調查小組？編故事騙櫃檯已經夠糟了。」電梯停了。「要是有人問起，記得跟來的原因。」

「傳染性單核白血球增多症。」

「對。」

不過，根本沒人問。工作人員的空間是空的，門上有黃色的封鎖線，寫著「警方調查中，請勿進入」。我跟麗茲壓低身子穿過，她拉著我的手。這邊有長椅、幾把椅子、二十幾個置物櫃，還有冰箱、微波爐與烤吐司機。吐司機旁邊有一盒已經開封的「好料酥餅點心」，那時我不介意來一片。不過，我沒看到肯尼斯．塔利歐。

置物櫃上有名牌標籤，麗茲捏著手帕打開塔利歐的置物櫃，因為上頭有採集指紋時剩下的粉末。她動作很慢，彷彿是期待他會跟什麼妖怪躲在小孩的置物櫃裡一樣。塔利歐的確算妖魔鬼怪，但他不在這裡，裡頭空空如也，警察把東西都帶走了。

麗茲又罵了一聲該死。我望向手機，查看時間，已經三點二十分了。

「我知道、我知道。」她說。她垂頭喪氣的，雖然我不喜歡她忽然帶我出來，我還是忍不住有點同情她。我想起湯瑪斯先生說我媽顯老了，我想我媽這位失落的朋友看起來也略顯老態，消瘦了一點。我必須坦承，我也有點敬佩她，因為她是想做好事、拯救生命。她彷彿是電影裡的主角，想要單槍匹馬憑一己之力破案。也許她真的很在乎可能因為桑普最後炸彈而死的無辜百姓，也許她真的在乎，但我現在知道她也很在乎拯救她的工作。我不願去想這才是她真正的意圖，但因為後面發生的事情（我會提到），我不得不這麼想。

「好了，再試一次。冠軍，別再看你的蠢手機了，我曉得現在幾點，無論你比你媽晚到家會惹出多少麻煩，我的麻煩都比你大多了。」

「她大概回家前會帶芭芭拉去喝一杯吧。芭芭拉現在是版權公司的正職了。」我不曉得我為什麼會這麼說，我猜是因為我想拯救無辜的生命，但我感覺那件事好像很空虛，因為我覺得我們根本找不到肯尼斯．塔利歐。我想我會這麼說是因為麗茲看起來很無力，彷彿一頭困獸。

「好吧，那真是走運了。」她說。「我們需要的是更多的好運。」

23

費德烈克．阿姆斯是一棟十二還是十四層樓高的灰色磚牆公寓大樓，一、二樓窗戶外頭鑲上了鐵欄杆。對於在「公園皇宮」長大的孩子來說，這座建築看起來就像電影《刺激一九九五》（The Shawshank Redemption）裡的袠山監獄，而不是什麼公寓。而麗茲當場就知道我們進不去，更別說前往肯尼斯．塔利歐的住所了。這地方滿是警察，街上有很多看戲的路人都貼著警方的路障拒馬，拍照拍個不停；電視台的轉播車沿著街道兩邊停靠，搭起天線，到處都是蜿蜒的電線，第四頻道的直升機還在空中盤旋。

「看。」我說。「一號頻道的史黛西安．康威！」

「問我在不在乎。」麗茲說。

我沒問。

我們在中央公園與天使城醫院沒遇上記者，運氣很好，我現在才明白那是因為他們全都在這。我看著麗茲，一滴淚水從她臉頰滑落。我說：「也許我們可以去他的葬禮，說不定他會在那裡。」

「他大概會直接火化，默默燒掉，由市政府出錢。他沒有親戚，活得比其他人都久。冠軍，我送你回家吧，抱歉這樣把你牽扯進來。」

「沒事的。」我拍拍她的手。我知道媽媽不希望我這麼做，但媽媽不在場。

麗茲大迴轉，朝皇后區大橋前進（Queensboro bridge）。距離費德烈克・阿姆斯大樓一個街區外的地方，我望向我這一側的小雜貨店，說：「噢，我的天，他在那裡。」

她睜大眼睛瞪著我，說：「傑米，你確定嗎？你非常確定嗎？」

我靠向前，朝著雙腳之間嘔吐。這就是她需要的答案。

24

我真的不能說他看起來跟中央公園男子一樣糟，那是好久以前的事了，他其實更糟。一旦你看過暴力行為對人體能夠造成的傷害（意外事故、自殺、謀殺），也許那根本不重要。又名桑普的肯尼斯·塔利歐看起來很糟，好嗎？非常恐怖。

雜貨店門口有兩張長椅，所以我猜大家可以在那邊吃他們買的點心。塔利歐坐在其中一張椅子上，雙手放在卡其長褲的大腿部位。人來人往，前往他們要去的地方，一位將滑板夾在腋下的黑人男孩走進商店，一位女士拿著紙杯裡冒著熱氣的咖啡走了出來，他們都沒有望向塔利歐所坐的長椅。

他一定慣用右手，因為他右側的腦袋看起來沒有太糟。只有太陽穴上的洞孔，差不多是十美分的大小，也許小一點，上頭有一圈黑色的環狀物，要嘛是瘀青，要嘛是火藥，應該是火藥粉末。我懷疑他的身體沒有時間擠出足夠的血，造成瘀青。

真正的傷害都在左側，子彈出口的位置。這邊的傷口跟點心碟一樣大，還有細長不規則的爆裂骨頭。他頭部這側的皮肉腫脹不堪，彷彿嚴重感染一樣；他的左眼整個歪掉，從眼窩裡凸出來。更糟的是，灰色的東西沿著他的臉頰滴滴答答的，那是他的腦子。

「別停車。」我說。「繼續前進。」我鼻子裡的嘔吐味非常強烈，嘴裡也有黏稠的感覺。「拜託，麗茲，我受不了。」

她轉向街廓盡頭的路邊消防栓。「你必須試試看，我必須試試看，抱歉了，冠軍，但我們必須了解案情。現在振作一點，不然人家看著我們，都以為我在虐待你。」

我心想：但妳的確是在虐待我，而妳不達目的不會罷休。

我嘴裡的味道是學校食堂的義式餃子，我一這麼想，就立刻開門，身子往外靠，繼續嘔吐。就跟看到中央公園男人那天一樣，我去不了莉莉在波丘園舉行的奢華生日派對那天。我討厭這種似曾相識的感覺。

「冠軍？冠軍？」

我轉頭看到她拿著一疊面紙（我找個不會隨身攜帶面紙的女人，我告訴你，不存在）。「嘴巴擦一擦，然後下車。盡量看起來正常一點。咱們快搞定這事。」

我看得出來她是認真的，沒有問出她想要的情報，她是不會放我走的。我心想：振作起來，我辦得到。我必須堅強，因為事關無辜人命。

我擦嘴下車，麗茲將她的小牌子擺在儀表板上，這是警察的免責聲明，然後下車走到我身邊。我正看著一位在洗衣店裡摺衣服的女性，這沒什麼有趣的，但至少比一直盯著街上的毀容男子好。至少一開始是這樣，我馬上就得看他了。噢，老天啊，然後我還得跟他交談，這樣更糟，前提是如果他還能交談的話啦。

我想都沒想，就伸出手。十三歲還跟人家以為是你媽的人牽手好像太老了（前提是如果大家還願意思考一下的話），但她牽起我的手時，我還是覺得慶幸。我高興死了。

我們開始朝商店走去。我希望路程有好幾公里遠，但其實只有半個街廓。

「他到底在哪？」她壓低聲音問。

我冒險一看，確保他沒有移動。沒，他還坐在長椅上，現在我可以直接看到曾經乘載他思緒的那處火山口。他的耳朵還在，但已經歪了，我想起四、五歲時玩的馬鈴薯先生。我的胃又翻攪了起來。

「冠軍，振作一點。」

「別再那樣叫我，我討厭這個名字。」我勉強擠出這句話。

「聽到了。他在哪？」

「坐在長椅上。」

「門口這邊這張，還是……」

「對，這邊這張。」

我又看著他，距離很近了，我實在忍不住，同時我也注意到有趣的現象。從商店走出來的男人腋下夾著報紙，手裡拿著一份熱狗，熱狗包在理當可以保溫的錫箔紙裡（如果你信，那你也會相信月亮是由綠色起司組成的）。他正要坐在另一張長椅上，準備要從包裝紙中拿出熱狗，不過他停下動作，要嘛是看著我跟麗茲，要嘛是望向另一張長椅，然後繼續沿著街道前進，要去別的地方享用他的熱狗。他看不見塔利歐（如果看得見，他肯定會尖叫跑走），但我覺得他感覺到了。不，我不只是覺得，我很清楚。我希望那時我更注意一點，但我很不舒服，我相信你能明白。如果你不明白，那你就是白癡。

塔利歐轉頭。這個動作讓人鬆了口氣，因為遮住了最嚴重的子彈出口傷勢。這個動作也讓人無法鬆口氣，因為他的臉一側是正常的，另一邊卻腫脹變形，彷彿是蝙蝠俠漫畫裡的雙面人一樣。最糟糕的莫過於他現在正直視著我。

我看得見他們，他們曉得我看得見。屢試不爽。

「問他炸彈在哪裡。」麗茲說。她講話只有嘴角在動，好像喜劇裡的間諜。一個用背巾將寶寶固定在身上的女人從人行道走過來，她用懷疑的目光望了我一眼，也許是因為我看起來怪怪的，也許是因為我散發著嘔吐味，也許兩者都有吧。我那時已經不在乎了，我只想快點進行麗茲・道頓要我做的事，然後趕緊閃人。我等候帶著寶寶的女人進去。

「塔利歐先生，炸彈在哪裡？最後一顆炸彈？」

一開始他沒有回答，我想說，好吧，他轟了自己的腦袋，他雖然在這，但他無法交談，那就這樣囉。結果他居然開口了。話語跟他嘴巴的動作並沒有配合得很好，他彷彿是用別的部位講話一樣，像是從地獄冒出來的聲音與畫面延遲。真是嚇死我了。如果我那時就知道有可怕的東西入侵他、占據他，那一切只會更糟。不過，我知道嗎？確定嗎？不是百分之百有把握，但我幾乎可以肯定。

「我不想告訴你。」

這樣的回答讓我嚇到說不出話來。我從來沒有聽過死人這樣講。的確，我的經驗不多，但那個時候我已經可以告訴你，他們每次都會乖乖吐實。

「他說什麼？」麗茲問，還是只有嘴角在動。

我沒搭理她，又向塔利歐開口。既然附近沒有別人，我就稍微講得大聲一點，彷彿是對聽力有障礙還是英文不好的人講話一樣。「最後……一顆……炸彈……在哪？」

我也要提的是，死人感覺不到疼痛，他們已經超越肉體的感受了，塔利歐顯然並沒有因為他對自己腦袋開槍的傷口而造成什麼痛楚，但他現在腫脹的半張臉卻扭曲起來，彷彿我不是在問他問題，而是在用火燙他，還是朝他肚子刺了一刀一樣。

「不想告訴你！」

「他說了什……」麗茲再度開口，但那個帶著寶寶的女人出來了。她買了一張樂透彩券，而背巾裡的小寶寶握著一根奇巧巧克力棒，抹得自己滿臉都是。他望向塔利歐坐的長椅，嚎啕大哭起來。那位母親一定以為孩子是在看我，因為她又看了我一眼，這次是超級懷疑的目光，然後連忙離開。

「冠軍……我是說傑米……」

「閉嘴。」我說，然後因為我媽不喜歡我跟大人這樣講話，我又說：「請不要吵。」

我轉頭面向塔利歐。他痛苦扭曲的神情讓他已經毀容的臉看起來更可怕，這時我覺得我不在乎了。他害很多人受傷送醫，還殺了不少人，而且如果他固定在衣服上的字條沒撒謊，那他死了還想帶更多人陪葬。我覺得，我希望他受盡折磨。

「炸彈……在哪……你……這……混蛋？」

他雙手交握在腹部，好像是抽筋一樣，悶哼哀叫起來。最後他屈服了。「在伊斯特波特的金庫倫超市。」

「為什麼？」

「回到我的起點，感覺很適合。」他一邊說，一邊用手指畫起一個圓圈。「完整的循環。」

「不，是你為什麼要做這種事？為什麼要安裝炸彈？」

他笑了笑，彷彿是在壓抑他腫脹的那一邊臉？我到現在還看得到那個畫面，永遠也忘不了。

「因為。」他說。

「因為什麼？」

「因為我高興。」他說。

25

當我把塔利歐的話轉告給麗茲時，她只有興奮，沒有其他情緒。我可以理解，她並沒有實際看到轟掉自己腦袋的男人。她說她得去商店裡買點東西。

「留我跟他在一起？」

「不，你去街上，去車邊等。我一下就過去。」

塔利歐坐在原位看我，用那隻還算正常的眼睛，沒有凸出來的那隻眼睛。我感覺得到他的目光，我因此想起有次去露營，跳蚤爬滿身，還得用某種特別臭的洗髮精洗五次，才把牠們統統清光。

洗髮精無法改善塔利歐給我的感覺，只有跟他保持距離才辦得到，所以我聽麗茲的話。我一路走到洗衣店，看著還在摺衣服的女人。她看見我，向我揮揮手，我因此想起脖子上有切口的小女孩，她也向我揮揮手，我一度害怕地覺得，洗衣店裡的女人可能也死了。只不過死人不會摺衣服，他們只會站在那裡，或找地方坐，就跟塔利歐一樣。於是我也向她揮手，甚至想要擠出微笑。

接著我轉頭面向商店，我告訴自己，我只是要看看麗茲出來沒，但這才不是原因。我是想看塔利歐是否還盯著我，果然是。他伸出一隻手，手心向上，三根手指豎起，一隻手指比著我。然後這根手指彎曲了一下，兩下，非常緩慢，彷彿是在說，孩子，過來啊。

我走回去，我的腿彷彿自行前進。我不想過去，但好像沒有辦法控制自己。

「她不在乎你。」肯尼斯．塔利歐說。「一點也不在乎，一點也不。孩子，她是在利用你。」

「去你的，我們是在救人。」附近沒有路人經過，但如果有人，他們也聽不見我講話。塔利歐偷走了我的聲音，我只能擠出耳語。

「她救的是她的工作。」

「你又不知道，你只是一個隨隨便便的神經病。」還是耳語，我覺得自己快嚇到漏尿了。

他沒說話，只是露出不懷好意的笑容，這就是他的回答。麗茲出來了，她提著當時商店會提供的便宜塑膠袋。她望向長椅，她看不見的毀容男子就坐在這裡，然後又看著我。「冠……傑米，你在這幹嘛？我不是叫你去車邊？」在我能夠用沙啞又急促的口氣回答前（彷彿我是警察電視劇裡待在偵訊室裡的壞人），她又問：「他還有說什麼嗎？」

我考慮開口說：妳只在乎拯救妳的工作。不過，也許那時我已經很清楚了。

「沒。」我說。「麗茲，我想回家了。」

「會的、會的，我只要再搞定一件事，不，兩件就好，我也要清理你在我車上搞的破壞。」她一手攬著我的肩膀（彷彿是個好母親），然後帶著我經過洗衣店。我想跟摺衣服的女士再揮揮手，但她背對著我。

「我有些安排，我本來以為沒機會派上用場，但多虧了你……」

我們回到車邊，她從商店袋子裡拿出一支摺疊式手機，電話還在透明塑膠包裝裡。我靠在修鞋舖的櫥窗上，看著她操作手機，直到可以通話。已經四點十五分了，如果媽媽跟芭芭拉去喝一杯，那我們還有機會在她到家前抵達……但我能夠忍住不把今天下午的冒險說出去嗎？我不知道，此時這似乎不是最重要的事情。我希望麗茲至少能夠把車開去街角，我希望她好好「品嘗」我為了她而搞出來的嘔吐味，但她似乎興奮到毫不在乎。再說，還有炸彈呢。我想起我看過的那些電影，所剩無幾的時間開始倒數計時，而英雄必須決定是要剪斷紅色還是藍色的電線。

現在她開始打電話。

「科頓？對，是我……閉嘴，聽我說。你該有所動作了，你欠我的大人情，這就是了。我會一字一句告訴你該說什麼，那就錄下來……我說閉嘴！」

她的語氣非常惡毒，我都退了一步。我沒聽過麗茲這樣講話，驚覺這是我第一次見到另一個她，面對齷齪罪犯的警察。

「錄下來，寫下來，然後打電話給我。快點。」她等著。我偷偷望向商店，兩張長椅都空了。我應該會鬆口氣，但不知怎麼著，我沒有這種感覺。

「準備好了嗎？好。」麗茲閉上雙眼，一口氣說出她想講的話。她放慢速度，謹慎地說。「『如果塔利歐真的是桑普……』這時我會打斷，我說我想錄音。你等著我說『好，從頭開始』，懂了嗎？」她聽著科頓（管他是誰）說他明白。「你說，『如果塔利歐真的是桑普，他一定會想回到最初的起點。我打電話給妳，是因為我們在二〇〇八年談過，我一直留著妳的名片。』懂了嗎？」又是一陣靜默，然後麗茲點點頭。「好，我會問你是誰？你就掛斷電話，立刻掛。時機很敏感，敢亂來我就整死你，你知道我辦得到。」

她掛斷電話，在人行道上踱步。我又偷望回長椅，空的。也許（剩下的）塔利歐回他住的費德烈克・阿姆斯大樓了。

愛黛兒〈流言蜚語〉（Rumor Has It）的鼓聲從麗茲的外套口袋傳來。她接起她真正的手機，說了聲喂。她聽了一下，然後說：「等等，我想錄音。」她錄音，然後說：「好，從頭開始。」

按照劇本演出結束後，她掛斷電話，將手機收起來。「效果沒有我想像的好，但誰在乎？」她說。

「他們找到炸彈之後大概就沒差了。」我說。麗茲有點驚訝，我這才明白，她是在自言自語。我已經達成她的目標了，我成了累贅。

她袋子裡有一捲廚房紙巾，還有一罐空氣清新劑。她清掉我的嘔吐物，往水溝裡丟（我後來才知道亂丟垃圾可以罰到一百美金），然後朝車裡噴類似花香的氣味。

「上車。」她對我說。

我原本背對汽車，這樣我就不用看到午餐的義式餃子殘骸（至於清理嘛，我覺得她活該），但當我轉身想要上車時，卻看到肯尼斯・塔利歐站在後車廂旁邊。他近到足以伸手搆到我，臉上還是那個不懷好意的笑容。我也許驚叫了，但我看到他的時候，剛好是在呼氣與吸氣之間，我的胸腔沒有擴張到可以叫出聲音來，彷彿當時我全身的肌肉都呈現休眠狀態一樣。

塔利歐笑得闔不攏嘴，我看得到他牙齒與臉頰之間的乾掉血跡。他說：「我們會再見的，冠軍。」

26

我們開了三個街廓，她又停車了。她拿出她的手機（真正的手機，不是用完即丟的便宜手機），看了我一眼，發現我渾身顫抖。我可能需要抱一下，但她只有拍拍我的肩膀，應該算是同情我。「小鬼頭，這叫延遲反應，我清楚得很，會過去的。」

接著她打起電話，自稱道頓警探，要找高登．畢夏。電話另一端一定告訴她高登在忙，因為麗茲又說：「我不管他是不是在火星，替我轉過去。這是首要之務。」

她等了一下，空閒的那隻手在方向盤上敲打著。然後她挺直身軀。「高登，我是麗茲．道頓……不，我知道我不是，但你必須聽我一次。我剛得到線報，是我還在小組時問過話的對象……不，我不曉得是誰。你得檢查伊斯特波特的金庫倫超市……對，他開始的地方。如果你仔細想想，其實一切都說得通。」她聽著，又說：「開什麼玩笑？我們那時問過多少人？一百？兩百？聽著，我錄下來了，如果我的手機沒壞，我可以放給你聽。」

她曉得手機好得很，在短短的三個街廓路程上，她檢查過了。她播給他聽，結束之後，她說：「高登？你有沒有……媽的。」她掛斷電話。「他掛我電話。」麗茲給我一個陰鬱的微笑。「他討厭死我了，但他會去查的。他曉得如果他不作為，出什麼事都算他的。」

畢夏警探的確去查了，因為那時他們已經挖出肯尼斯．塔利歐的過往，發現麗茲「匿名線報」裡的寶貴重點。早在塔利歐的營造工作與退休後的天使城醫院護工生活開始前，他在名為威斯特波特的小鎮長大，這個地方當然就在伊斯特波特旁邊。他讀高三的時候，曾在金庫倫超市擔任打包跟上貨的工作，當時人家抓到他順手牽羊。塔利歐初犯時，只得到口頭警告，第二次就遭到解雇。不過，偷竊似乎是很難破除的壞習慣，之後他才將興趣轉向到炸藥與爆破雷管上。後來警方在皇后區的一處儲藏櫃中找到不少炸藥與雷管，東西有點歷史了，都是加拿大製造。我猜以往的邊境搜查沒有那麼嚴格。

「我們現在可以回家了嗎？」我問麗茲。「拜託？」

「可以，你會跟你媽講這件事嗎？」

「不知道。」

她笑了笑。「這是修辭學上的問題，你當然會說，但那不打緊，我完全不會覺得怎麼樣。你知道為什麼嗎？」

「因為沒有人會相信。」

她拍了拍我的手。「沒錯，冠軍，一桿進洞了。」

27

麗茲把我扔在街角就揚長而去，我自己走回家。我媽跟芭芭拉並沒有去喝酒，因為芭芭拉感冒了，下了班就直接回家。媽坐在階梯上，握著手機。

她看到我走過來，就跑下階梯，慌張地擁抱我，害我喘不過氣來。「詹姆士，你跑去哪裡了？」她只有在超級生氣的時候會這樣叫我，你大概已經猜到了。「你做事怎麼都不思考的？我打電話給每一個人，我開始覺得你被綁架了，我甚至考慮聯絡……」

她放開我，和我拉開一小段距離。我看得出來她剛剛在哭，現在又哭了，我真的過意不去，但明明這一切都不是我的錯。我覺得天底下能夠讓你覺得最不堪的人就只有你媽了。

「是麗茲嗎？」她不等我回答就自己說：「是她。」然後是壓低的恐怖聲音。「那個婊子。」

「媽，我不得不跟她走。」我說。「我別無選擇。」

然後我也開始哭。

28

我們上樓，媽泡了咖啡，也替我泡了一杯。這是我生平第一次喝咖啡，之後就愛上了。我幾乎把一切都告訴她，麗茲在學校外頭等我，她說找到桑普最後的炸彈攸關多條無辜人命，還有我們去了醫院以及塔利歐住的大樓。我甚至告訴她，塔利歐那張一側轟到變形的頭看起來有多恐怖。我沒告訴她的是，我轉頭就看到他站在麗茲車後，近到他都可以搆住我的手臂……前提是如果死人能搆人的話啦，這種事我完全不想確認會不會發生。我也沒有告訴她塔利歐說了什麼，但那晚上床時，那句話如同破碎大鐘發出的鐘聲：「我們會再見的，冠軍。」

媽一直說「好」跟「我懂」，看起來卻更加憂心忡忡。不過她必須理解在長島發生了什麼事，我也是。她開了電視，我們坐在沙發上看。紐約一號頻道的路易斯．道德利（Lewis Dodley）站在街上圍起來的拒馬旁邊。「警方顯然非常重視這條匿名檢舉，根據薩弗克郡警局的消息來源……」

我想起在費德烈克．阿姆斯大樓上盤旋的電視台直升機，想說他們應該有時間前往長島，所以我抓起媽媽大腿上的遙控器，轉到第四頻道。果不其然，畫面就是金庫倫超市的頂樓。停車場停滿警車，停在大門入口處則是一輛巨大的廂型車，肯定是拆彈小組。我看到兩名戴著頭盔的警察，牽著兩條狗走進超市。直升機飛得太高，看不清拆彈小組有沒有穿防彈背心與防彈外套，但我相信有。狗就沒有了。如果他們在裡頭時桑普的炸彈爆炸，狗狗肯定會粉身碎骨。

直升機上的記者說：「我們得知所有的顧客與工作人員都已經安全疏散，也許這只是另一起假警報，畢竟在桑普的『恐怖時期』已經有太多類似的消息……」（沒錯，他真的用這個詞）「……對於這種消息還是謹慎看待比較好。我們現在曉得這是桑普第一起爆炸案的作案地點，目前警方還沒有找到炸彈。咱們先交給棚內。」

新聞主播身後的綠幕上出現塔利歐的照片，可能是他在天使城醫院的識別證照片，因為看起來很老。他不是電影明星，但照片裡的他看起來比長椅上的他好多了。麗茲捏造的匿名線報也許沒有得到多少重視，但一位警局的資深警探想起兒時聽說過的喬治．默特斯基案件（George Metesky），媒體稱默特斯基為「瘋子炸彈客」。在他的「恐怖時期」，也就是從一九四〇年到一九六五年間，他安裝了三十三顆填裝在管道裡的土製炸彈，起因也是類似的恩怨，針對他曾服務過的聯合愛迪生公司。

新聞節目的研究員也立刻找出這層關聯，默特斯基的照片出現在主播後方的綠幕上，但媽媽沒有多看那老傢伙一眼……我覺得他看起來很像穿著護工制服的塔利歐，真怪。她抓起手機，走進臥室翻她的通訊錄，她應該是在跟麗茲爭執過毒品後就刪了這位朋友的號碼。

藥物廣告出現，我躡手躡腳走到她臥室門邊偷聽。等太久就什麼也聽不到了，因為這通電話很短。「麗茲，我是緹雅。妳什麼也別說，聽好了，我不會說出去，原因妳應該心知肚明。不過如果妳再來騷擾我兒子，如果他『看見』妳，我就會讓妳吃不完兜著走。妳知道我辦得到，就差最後一根稻草。離傑米遠一點。」

我跑回沙發上，假裝認真看著下一則廣告，結果根本一點說服力也沒有。

「你都聽到了？」

她雙眼冒著火光，要我別撒謊。我點點頭。

「好，如果你下次再見到她，就跟逃命一樣跑走，還要告訴我，懂嗎？」

我再次點頭。

「好，好棒棒。我要叫外送，你想吃披薩還是中式料理？」

29

警方在那個禮拜三晚上約莫八點的時候尋獲桑普的炸彈，隨即拆除。電視台插播緊急報導的時候，我跟媽媽正在看《疑犯追蹤》（Person of Interest）。警犬來來去去，什麼也沒有發現，爆破小組成員已經差不多要帶狗狗出去了，此時其中一人注意到餐具的走道。這條走道他們檢查過很多次，完全沒有藏匿炸彈的空間，但一名警察剛好抬頭，看到一片天花板有點歪掉。炸彈就在那裡，藏在天花板與屋頂之間，用橘色的彈性線綁在橫樑上，很像是高空彈跳才會用的繩子。

塔利歐這次真的砸下重本，十六根炸藥，十二個爆破雷管。他已經從鬧鐘上進化了，這枚炸彈連著電子計時器，就跟我心目中電影裡用的一樣（拆解後，警察拍了照片，登上隔天的《紐約時報》）。爆炸時間設定在禮拜五下午五點，也就是超市最繁忙的時候。隔天在紐約一號頻道（我們又轉回媽媽最愛的電視台），其中一位拆彈人員說，炸彈會炸毀整片屋頂。問到這種爆炸會炸死多少人的時候，他只是搖搖頭。

禮拜四晚上吃晚餐時，我媽說：「傑米，你做了一件好事，很正確的事，麗茲也是，無論她是基於什麼理由這麼做。我因此想起馬帝說的話。」她指的是博奇特先生，其實是博奇特教授，榮譽教授，他還在授課。

「他說什麼？」

「他說有時上帝會使用壞掉的工具，這是他以前課堂上提過的一位作家說的。」

「他喜歡問我在學校學了什麼。」我說。「他總會搖搖頭，彷彿覺得我受的教育很糟糕一樣。」

媽大笑起來。「他是學富『五百』車的人，他還是很精明，腦子清楚得很。記得我們跟他一起吃聖誕節大餐嗎？」

「當然，火雞三明治佐蔓越莓醬最棒了！何況還有熱巧克力。」

「對，那天晚上非常愉快。他不在以後會非常可惜。快吃，甜點是烤蘋果奶酥，芭芭拉做的。對了，傑米？」

我望著她。

「我們以後可以不要再談這些了嗎？就有點……像是過去了？」

我覺得她說的不只是麗茲，甚至是塔利歐，她也是在指我能看到死人這件事。我的電腦老師也許會說這就叫「全域請求」（global request），我是覺得沒關係啦，不只沒關係，真的。「當然。」

那個時候，坐在我們家明亮的廚房餐桌上吃披薩，我真的覺得我們可以放下這一切，只不過我錯了。下次見到麗茲．道頓是兩年後的事，我幾乎沒有想起過她，但當天晚上我就見到了肯尼斯．塔利歐。

我一開始就說過了，這是一則恐怖故事。

30

我快睡著了，此時兩隻貓忽然慘叫起來，我立刻驚醒。我們家位在五樓，要不是我的窗戶開了一點小縫通風，應該是聽不到貓叫的，接著是金屬垃圾桶翻倒的聲音。我起身關窗，雙手擺在窗沿上時，整個人卻僵住了。塔利歐站在對面街道的街燈光束下，我當下就明白貓咪慘叫並不是因為牠們在打架，牠們慘叫是因為牠們嚇到了。背巾裡的嬰兒看到了他，兩隻貓也是。他故意嚇牠們。他知道我會來窗邊，就跟他知道麗茲叫我冠軍一樣。

他那張半毀的面容露出不懷好意的微笑。

伸手召喚我。

我關上窗戶，想要前往媽媽的房間，跟她一起睡，只不過我已經長大了，而且她會問東問西。所以我關上窗簾，回到床上，躺回去，仰望黑暗。我之前從沒遇過這種事，從來就沒有死人跟什麼流浪狗一樣跟我回家。

我心想：別放在心上。三、四天過後，他就會跟他們一樣，統統消失，頂多一個禮拜。他又不可能傷害你。

但我確定嗎？躺在黑暗之中，此時，我發現我不確定。看見死人不代表我「了解」死人。

至少當我回到窗邊，從百葉窗間隙看出去，想說他應該還在原地。說不定他會再次召喚我。一根手指豎起……然後彎起來，冠軍，過來啊，過來。

街燈下什麼也沒有，他走了。我回到床上，但久久沒有入眠。

31

禮拜五，我又看見他了，就在校門口。當時有幾位在等小孩放學的家長，禮拜五總是這樣，大概要帶孩子去哪裡度週末吧，這些家長沒有看到塔利歐，但他們肯定感覺到他了，因為他們都離他所在的地方遠遠的。沒有人推嬰兒車，如果有人帶小孩來，我知道那個寶寶肯定會看著人行道上空空的位置，哭鬧不已。

我走回學校，欣賞起辦公室外頭貼的海報，思考該怎麼辦。我猜我可以去跟他交談，看看他到底想怎樣，我決定要搞定這件事，趁著身旁有別人的時候。我覺得他無法傷害我，但我其實不太確定。

我先上廁所，因為忽然間我真的很尿急，只不過當我站在小便斗前面時，我連一滴都擠不出來。於是我走出去，手裡握著背包背帶，沒有背起來。死人沒有碰觸過我，一次也沒有，我不確定他們能不能碰到我，但如果塔利歐想碰我，或抓我，我已經決定要用一袋書砸他。

只不過，他離開了。

一個禮拜過去，兩個禮拜過去。我放鬆心情，心想他已經過了他的「保存期限」。

我是基督教青年會少年游泳隊的一員，五月底的週六是我們最後一次練習，下一個週末就要去布魯克林比賽了。媽給我十美金在游泳後買點東西吃，還跟平常一樣要我鎖好置物櫃，不然錢跟手錶會被人偷走（是說誰會想偷一只爛天美手錶，我就不知道了）。我問她會不會來看比賽，她從她正在讀的手稿上抬頭，說：「傑米，問四次了，會，我會去看比賽，已經寫在我的行事曆上了。」

我頂多才問兩次（也許三次），但我沒有說，我只有親吻她的臉頰，沿著走廊去搭電梯。開門時，塔利歐就在電梯裡，露出微笑，用他一隻正常眼睛、一隻向外變形的眼睛看我。他襯衫上釘了一張紙，就是他的遺言。字條永遠在，灑在上面的永遠是鮮血。

「冠軍，你媽得了癌症，因為她抽菸。她六個月內就會死。」

我張著大嘴，僵在原地。

電梯門關閉。我發出某種聲音，有點像慘叫，有點像哀號，不知道啦，然後向後靠在牆壁上，不然我會跌倒。

我心想：他們必須說實話。我媽就要死了。

不過，我的腦袋隨即清醒了點，稍微好一點的念頭浮現。我就像攀著浮木的溺水之人，緊抓這個念頭不放。也許只有在你提出問題的時候，他們才會說實話，不然，也許他們可以隨便想說什麼就說什麼。

之後我並不想去練習游泳，但如果我不去，教練可能會聯絡我媽，問我跑去哪裡了。這樣她就會想知道我在哪，而我該怎麼說？說我擔心桑普可能會在轉角埋伏我？還是躲在青年會的大廳？或是躲在淋浴間裡，其他洗去氯氣的裸體男孩都看不見他（不知為何，這個感覺最可怕）？

我該告訴她，她罹患了什麼鬼癌症嗎？

於是我出門了，跟你猜的一樣，我游得很爛。教練要我加把勁，我必須緊捏著自己的腋下，才不至於哭出來。我必須捏得很用力。

我回家的時候，媽讀手稿讀得很認真。麗茲離開後，我就沒有見過媽媽抽菸，但我知道我不在的時候，她偶爾會喝酒，跟她的作者或不同的編輯朋友一起喝，所以我親她的時候還嗅了嗅，只聞到淡淡香水味，也許是乳霜，因為今天是星期六。總之就是很女生的味道。

「傑米，你感冒了還是怎樣？游泳完有把身體擦乾嗎？」

「有啦，媽。妳該不會又抽菸了吧？」

「原來是這樣啊。」她把手稿放去一旁，伸起懶腰。「不，麗茲離開後，我一根也沒抽過。」

我心想：是妳把她趕出去之後。

「妳最近有去看醫生嗎？做檢查？」

她不解地看著我。「這是怎麼回事？你眉頭都皺起來了。」

「這個嘛。」我說。「我就只有妳這個家長，要是妳出了什麼事，我總不能去跟哈利舅舅一起住，對吧？」

這話讓她出現奇怪的表情，然後她大笑、擁抱我。「小鬼頭，我好得很。事實上，我兩個月前才做了年度健康檢查，結果都好得不得了。」

她看起來氣色也很好，人家都說這叫臉色紅潤。我看不出來她掉體重，她也沒有咳嗽咳得「撕心裂肺」。不過癌症不一定會長在人家的喉嚨或肺裡，這我很清楚。

「呃……很好，我很高興。」

「我也是這麼想的。現在替你媽泡杯咖啡，讓我把稿子看完。」

「好看嗎？」

「還不錯呢。」

「比湯瑪斯先生的雷亞納克系列好看？」

「好多了，可惜不會賣得比他好。」

「我可以喝一杯嗎？」

她嘆了口氣。「半杯，現在讓我好好看書吧。」

32

那年最後一次數學測驗時，我望向窗外，看到肯尼斯·塔利歐站在籃球場上。他又做出那個面露笑容、伸手叫我過去的動作。我轉頭看考卷，再次抬頭，他還在，還靠近了點。他轉頭讓我好好看清他那又紫又黑的火山口，加上周遭噴發出來的細長不規則骨頭。我再次低頭望著考卷，第三次抬頭時，他不見了。不過我知道他會回來，他跟其他死人不一樣。他跟其他死人完全不一樣。

拉加里老師要我們交考卷的時候，我最後五題還沒寫完。這次考試我得到了D-，上頭還有一句話：「傑米，令人失望。你可以表現得更好。我在課堂不斷叮嚀的是什麼？」他說的是，如果你在數學上落後，你就永遠追不上了。

數學沒有那麼了不起啦，但拉加里老師是這麼想的。對多數課程來說，這點倒是沒錯。彷彿是要強調重點一樣，那天後來的歷史考試我也考砸了。不是因為塔利歐站在黑板前面還是哪裡，而是因為我一直想，他「也許」會站在那裡。

我覺得他就是希望我表現糟糕。要笑就笑吧，但有句老話是這麼說的，如果是真的，就不叫胡思亂想。幾次考差不會讓我成績不及格，學年都要過完了，然後放暑假，但明年呢？要是他繼續出沒怎麼辦？

而且，要是他變得更強大了怎麼辦？我不願這麼想，但他還賴著不走就已經暗示也許他真的變強了。應該是真的。

找人談談說不定會有幫助，媽是最合理的選擇，她會相信我，但我不想嚇她。她已經夠害怕了，當她以為版權公司要倒的時候，還有她覺得她無法照顧她哥哥的時候，結果我插手幫她走出困境，她也許會因為我遇上這種事而內疚。這對我來說非常不合理，但她可能會這麼想。再說，她想放下我看得見死人這件事。還有一個重點，那就是，就算我告訴她，她能怎麼辦？責備麗茲一開始帶我去找塔利歐？但她能做的也只有這樣。

我短暫考慮過要不要跟學校的輔導老師彼得森老師談談，但她肯定會覺得我有幻覺，或是精神崩潰。她會跟我媽講。我甚至考慮要不要去找麗茲，但麗茲又能怎麼辦？掏槍出來，朝他開槍？祝她好運喔，因為塔利歐已經翹辮子了。再說，我跟麗茲之間已經沒有任何瓜葛了，至少我是這麼想的。我只能靠自己，這是一個寂寞又嚇人的狀態。

我游泳比賽表現得很糟，媽媽有來看我。回家路上，她擁抱我，說每個人都會有表現失常的時候，我下次會游得更好。我差點就脫口而出了，這樣能夠結束我的恐懼（現在回想起來，會這麼想也是情有可原），說肯尼斯．塔利歐想要毀了我的一生，因為我毀了他的最後一顆最大的炸彈。如果我們沒有搭計程車，我大概就會說，但我們的確是坐了計程車回家，我只有把頭靠在她的肩膀上，就跟我小時候一樣，那時的我以為我的手指火雞繪畫是蒙娜麗莎之後的大傑作呢。跟你說，長大最大的缺點就是你很多話都不敢講了。

33

最後一個上學日，我走出我們家公寓時，塔利歐又出現在電梯裡。不懷好意的笑容，伸手要我過去。他大概以為我會跟第一次看到他出現在電梯時一樣嚇得退後，但我沒有。我怕歸怕，但已經沒有那麼怕了，因為我開始習慣他的存在，就跟你終究會習慣臉上一塊醜胎記一樣。這次我的憤怒遠超過害怕，因為他一直糾纏我。

我沒有退縮，我衝過去，一手擋在電梯門之間。我才不會跟他一起待在電梯裡（老天，想都別想！），但我不會在沒問出答案前就讓電梯關門。

「我媽真的罹患癌症了嗎？」

他的表情再度扭曲起來，彷彿我傷害他一樣，我的確再度希望我傷了他。

「我媽有癌症嗎？」

「我不知道。」他看我的眼神……你知道有句老話說，彷彿眼神能殺人？

「那你為什麼要這麼說？」

他退到電梯最裡面，雙手壓住胸口，彷彿我嚇到他一樣。他轉頭，讓我看那一大片子彈的出口，但如果他覺得這樣能讓我放開電梯門，他就錯了。恐怖歸恐怖，但我已經習慣了。

「你為什麼要這麼說？」

「因為我恨你。」塔利歐齜牙咧嘴地說。

「你為什麼還在這裡？怎麼可能？」

「我不知道。」

「走開。」

他沒說話。

「走開啦！」

「我才不走，我永遠不走。」

這話整個嚇到我，我的手臂鬆開，垂到身邊，彷彿千斤重。

「冠軍，晚點見。」

電梯門緩緩關上，但電梯沒有上下樓，因為沒有人按裡頭的樓層按鈕。我按下外頭的按鈕時，門緩緩打開，裡頭空空如也，但我還是走樓梯下去。

我心想：我會習慣他的。我會習慣他腦袋上的傷，我會習慣他。他又不能傷害我。

不過，他已經對我造成傷害了：數學測驗得到D-、游泳比賽失常只是兩個例子。我的睡眠品質很糟（媽已經開始評論我的黑眼圈），小小的噪音、自習教室的書本掉到地上都能讓我嚇一大跳。我一直在想，我哪天打開衣櫥拿襯衫的時候，他會躲在裡頭，像我專屬的妖魔鬼怪。或躲在床下，要是我睡覺時，他伸手抓我掛在床沿的腳踝怎麼辦？我不覺得他碰得到我，但這點我也不太確定，特別是他說不定開始變強了。

要是我起床的時候，他躺在我身邊怎麼辦？也許還抓我的小弟弟？

這種想法一旦出現，就沒有辦法不去想。

況且還有別的，更糟糕的情況。要是他一直糾纏我（因為他就是在糾纏我），一直糾纏我到二十歲怎麼辦？四十歲？要是我八十九歲的時候死翹翹，他還在來世歡迎我，連我死了都不放過我怎麼辦？

有天晚上，我看著站在街燈下的桑普，心想：如果這是做好事的回報，那我這輩子再也不想做任何好事。

34

六月底的時候，我跟媽媽去看哈利舅舅，我們每個月都會去看他。他的話變少了，幾乎不去康樂室了。雖然他還沒五十歲，但頭髮已經開始花白。

媽說：「哈利，我跟傑米買了扎巴爾熟食鋪的可頌餅乾（rugelach），你想吃嗎？」

我站在門口，提起袋子（我並不想走到裡頭去），露出笑容，覺得自己像益智節目《價格猜猜猜》（The Price Is Right）的模特兒。

哈利舅舅說：「一ㄠˋ」。

「這是『要』的意思？」媽問。

哈利舅舅說：「ㄋ一ㄠˋ」，對我揮舞雙手。你不用會讀心術都知道這代表「什麼鬼餅乾，不要」。

「你要出去走走嗎？天氣很好喔。」

我不確定哈利舅舅此刻懂不懂「出去」是什麼概念。

「我扶你起來。」媽拉起他的手臂。

「不！」哈利舅舅說，不是「一ㄠˋ」，不是「ㄋ一ㄠˋ」，不是呃呃呃，而是「不」，清清楚楚的「不」。他睜大雙眼，眼眶直接濕了。而且他也清楚地說：「那是誰？」

「那是傑米啊，哈利，你知道的，傑米。」

只不過他不認識我，再也不認得了，況且，他不是在看我，他看的是我肩膀旁邊的空間。我用不著轉頭都知道誰在那裡，但我還是轉了。

「他那個毛病是遺傳的。」塔利歐說。「在你們家族男性的血脈中遺傳。冠軍，你會變得跟他一樣，在你意識到之前，你就會變成他那副德行。」

「傑米？」媽問。「你沒事吧？」

「沒事。」我望向塔利歐。「我好得很。」

但我一點都不好，塔利歐的笑容說明了他很清楚這點。

「走開！」哈利舅舅說。「走開，走開，走開！」

我們只好走開。

我們三個一起離開。

35

我終於下定決心要跟我媽坦承一切（我需要有個出口，就算會嚇到她、讓她不高興也無所謂），此時，就跟他們說的一樣，命運推了我一把。正值二〇一三年七月，差不多是我們去看哈利舅舅之後的三個禮拜。

一大早，我媽正準備要出門上班，她接到一通電話。我坐在廚房餐桌旁，瞇著一隻眼睛正在狂吃穀片早餐。她從她的臥室走出來，拉起裙子的拉鍊。「馬帝．博奇特昨天出了小意外，絆倒什麼東西，我猜應該是要去廁所，他的臀部拉傷了。他說他沒事，也許吧，但他可能只是想逞男子氣概。」

「嗯啊。」我說，但我這麼回答是因為當我媽急著要出門，同時做三件事時，附和她是最安全的選擇。我暗地裡想：博奇特先生要逞男子氣概也太超齡了吧？但想到由他主演《魔鬼終結者：退休紀元》也太好笑了。他會揮舞著枴杖，宣布：「我會回來。」

我拿起碗，開始咕嚕咕嚕灌起牛奶。

「傑米，我講過多少次不要這樣吃？」

我不記得她說過，因為好幾條所謂的家長規定，特別是跟餐桌禮儀有關的，我通常是左耳進、右耳出。「不然怎麼吃乾淨啦？」

她嘆了口氣。「算了。我做了烤箱料理，本來想晚上吃，但我們可以吃漢堡。前提是，不曉得能不能打擾你忙碌的看電視、打手機電動的行程，把食物送去給馬帝？我去不了，今天事情超多。我猜你應該不想跑這一趟，然後打電話跟我說說他的狀況？」

一開始我沒回答，我覺得我好像得到當頭棒喝一樣，某些想法就是這樣。再說，我真的蠢到爆。我怎麼之前都沒想到博奇特先生？

「傑米？地球呼叫傑米。」

「當然好。」我說。「非常樂意。」

「真的？」

「真的。」

「你生病了嗎？發燒了嗎？」

「哈哈。」我說。「好笑到都不用開冷氣了。」

她拿出錢包。「我給你計程車……」

「不用啦，只要把食物放在保冷袋裡就好。我走過去。」

「真的假的？」她看起來非常訝異。「一路走到公園大道？」

「當然。我可以運動一下。」這話不太對。我要的是有足夠的時間確保這個主意是個好主意，而且如果是，那我也需要時間想想該怎麼說好這個故事。

36

這個時候，我開始稱呼博奇特先生「博奇特教授」，因為他那天讓我長知識了，他教會我很多事情。不過，在上課之前，他聽我說。我已經講過了，我知道我得找人聊聊，但一直要我真的找人談過以後，我才曉得放下心中大石的滋味有多舒暢。

我之前看過他使用一根枴杖，但蹣跚過來開門的他拄著兩根枴杖。他一看到我，神情就開朗了起來，我猜他很高興有人陪伴。孩子眼裡只有自己（我確定你懂，如果你也曾經是個孩子的話，哈哈），我一直要到後來才曉得夢娜死後，他就非常寂寞。他女兒在西岸，但如果她來探望過老爸——我倒是沒見過，你看看我上面是怎麼說的？孩子眼裡只有自己。

「傑米！還帶禮物來！」

「只是烤箱料理。」我說。「我猜是放羊孩子派。」

「你應該是要說『牧羊人派』，我相信很美味。可以麻煩你替我放進電冰箱裡嗎？我有這個……」他將兩根枴杖舉離地面，我一度驚恐地以為他要臉著地摔下去，但他及時將枴杖撐回地面。

「當然好。」我立刻前往廚房。我很喜歡聽他用「電冰箱」、「轎車」這種字眼，有夠老派，噢，還有「電話機」。我實在太喜歡「電話機」了，我也開始這麼說，到現在也一樣。

媽媽的烤箱料理順利送入「電冰箱」，因為他冰箱裡沒什麼東西。他吃力地跟著我過來，問我最近好嗎？我關上冰箱門，轉頭面對他，說：「不怎麼好。」

他揚起亂糟糟的眉毛。「不好？怎麼了？」

「說來話長。」我說。「而且你大概會覺得我瘋了，但我必須找人談談，我猜你中選了。」

「跟夢娜的戒指有關嗎？」

我張大了嘴。

博奇特教授笑了笑。「我才不相信你媽只是碰巧在櫃子裡找到戒指，太走運、太走運了。我想過是不是她放在那裡的，但人類的每個舉措都能從動機與機會上推敲，你媽兩者皆無。再說，那天下午我實在傷心到無法好好思考。」

「因為你才剛失去妻子。」

「的確。」他拿起一根枴杖，高到剛好讓他的手掌能夠碰觸他的胸口，也就是他心臟的位置。我因此也有點難過。「所以，傑米，那是怎麼回事？我猜現在木已成舟，但做為一個讀了一輩子偵探故事的讀者，我很想知道這個問題的答案。」

「你太太跟我講的。」我說。

他從廚房另一端凝望著我。

「我看得到死人。」我說。

他久久沒有開口，久到我都怕了。然後他說：「我想我需要來點咖啡因，我們都需要。然後你可以跟我說說你在想的事情，我洗耳恭聽。」

37

博奇特教授很老派，他連茶包都沒有，只有罐子裡的散茶。我等著他的煮水壺燒水時，他告訴我所謂的「濾茶球」在哪裡，還指導我該放多少茶葉進去。泡茶過程相當有意思，我雖然比較喜歡咖啡，但偶爾泡壺茶也不錯。不知怎麼的，就是感覺比較正式。

博奇特教授告訴我，茶葉在剛煮好的水裡要浸泡上五分鐘，不能多也不能少。他設定好計時器，讓我看杯子放在哪，然後拄著枴杖回客廳。他坐在他最喜歡的椅子上時，我聽到他鬆了口氣的嘆息，還有放屁聲，不是響亮的小喇叭，頂多只是雙簧管。

我泡了兩杯茶，托盤上還有糖罐以及從「電冰箱」裡找到的牛奶鮮奶油（Half and

Half)（我們都沒有用，這大概是一件好事，因為這玩意兒已經過期一個月了）。博奇特教授拿起紅茶，咂嘴喝起第一口。「很棒，傑米，第一次泡茶就上手。」

「謝謝。」我在杯子裡加了一堆糖。我媽會對著這三大匙糖尖叫，但博奇特教授什麼也沒說。

「現在說說你的故事，我有的是時間。」

「你相信我了？因為戒指？」

「這個嘛。」他說。「我相信你相信這一切，而我知道戒指找到了，現在安全地放在銀行保險箱裡。告訴我，傑米，如果我問你媽，她會證實你的說詞嗎？」

「會，但請不要問她。我決定要跟你談就是因為我不想告訴她，她會不高興。」

他用有點顫抖的手拿起杯子，喝了一口，然後放下茶水，看著我，或是，也許是看穿了我。我至今還看得到他那雙在亂糟糟眉毛下的銳利湛藍眼睛。「那說來聽聽，說服我吧。」

我在走來的路上已經演練過說詞，可以流暢講述。我從羅伯・哈里森開始說起，你知道，就是中央公園的男人，還提到看見博奇特太太，然後是剩下的故事。講了滿久的。說完時，我的茶水已經微溫（可能更涼一點），但我還是喝了一大口，因為我口乾舌燥。

博奇特教授思索半晌，然後說：「傑米，可以麻煩你去我的臥室，替我把iPad拿來嗎？就在床邊小桌上。」

他的臥室聞起來有點像哈利舅舅的安養之家房間，還加上某個刺鼻的氣味，我猜應該是擦他屁股拉傷的藥膏。我拿了iPad回來。他沒有iPhone，只有市話「電話機」，就跟老電影裡演的一樣，掛在廚房牆上，但他很喜歡他的平板。我把東西交給他，他打開（起始畫面是一對穿著禮服的新婚夫妻，我猜應該是他跟博奇特太太），然後連忙點擊起來。

「你要查塔利歐喔？」

他埋首螢幕，搖搖頭。「你的中央公園男人，你說你看到他的時候，你還在上幼稚園？」

「對。」

「所以這應該是二〇〇三……或是二〇〇四年的事……啊，有了。」他低頭看著螢幕，時不時將眼睛前面的頭髮撥開（他那邊頭髮超多的）。終於，他抬頭，說：「你看到他倒地身亡，但也看到他站在自己旁邊。你媽也能證實這點？」

「她知道我沒有說謊，因為我知道那個人穿什麼上衣，他的上半身當時已經遮蓋起來了。不過我真的不希望……」

「明白，完全明白。現在來到雷吉．湯瑪斯的最後一本書，還沒寫完……」

「對，我想他那時可能只寫了前面兩章吧。」

「但你媽努力蒐集到足夠的細節，自己把書寫完，而你就是她的靈媒？」

我沒想過自己是靈媒，但他這麼講也沒錯。「我猜是吧，就跟《厲陰宅》（The Conjuring）演的一樣。」他露出不解的神情。「那是一部電影。博奇特先生……教授……你覺得我瘋了嗎？」我已經不在乎了，因為把話說出來感覺很棒。

「沒有。」他說，但（可能是因為我鬆了口氣的神情）他豎起一根警告的手指。「這並不代表我相信你的說詞，至少在沒有與你媽證實的狀況下，我是不信，但我也答應不會問她。不過我可以這麼說，我並沒有不信。主要是因為戒指，但也是因為湯瑪斯那本書的確存在，是說我沒有讀過啦。」他稍微做起厭惡的表情。「你說你媽的朋友，昔日的朋友，能夠證實你說詞最後也最繽紛的部分。」

「對，但……」

他舉起手，阻止課堂上滔滔不絕的學生，這動作他肯定做過一千次。「你也不希望我去問她，我完全明白。我只見過她一次，我不喜歡她。她真的帶毒品去你們家？」

「我沒有親眼看見，但如果我媽說有，那就是有。」

他把平板放去一旁，撥弄起他順手的枴杖，上頭有一個大大的白色握把。「那緹雅趕她走真是幹得好。還有這個塔利歐，你說他糾纏你，他此刻在這裡嗎？」

「沒有。」但我還是張望了一下確定。

「你當然想趕走他。」

「對，但我不知道該怎麼做。」

他啜飲起茶水，對著杯子冥思，然後放下，藍色的雙眼再度凝視著我。他老了，但那雙眼睛不老。「這問題很有意思，特別是對一個在閱讀過程裡見過各種超自然生物的上了年紀的老先生而言，哥德小說裡有很多，科學怪人、德古拉伯爵只是最常拍成電影的兩個例子。歐洲文學與民間傳說裡還有很多這種東西。至少在此刻，咱們假設一下，假設這個塔利歐不只存在於你的腦袋瓜裡，咱們假設他真的存在。」

我壓抑自己，不要爭論他是真的存在。教授已經知道我相信這種事，他自己講的。

「咱們前進一步，根據你剛剛所言，你看過其他死人，包括我的妻子，他們在幾天後都會消失，消失進……」他揮揮手。「……該去的地方，但這個塔利歐，他一直沒走。事實上，你覺得他可能變強了。」

「我很確定他變強了。」

「假設如此，也許他已經不是肯尼斯．塔利歐了，也許殘餘的塔利歐遭到惡靈感染，是這個字眼，而不是『附身』。」他肯定注意到我的表情，因為他急忙補充。「傑米，我們只是在臆測。我這就老實說了，我覺得你可能是進入了某種造成幻覺的局部迷離狀態。」

「換句話說就是瘋了。」此刻我還是很慶幸我向他傾訴，雖然我多少料到了，但他的結論依舊讓人沮喪到不行。

他揮揮手。「少來，我完全沒有這麼想。你顯然在真實世界裡還能正常運作。我必須坦承，你的說詞充滿難以用理性言語解釋的狀況。我並不質疑你陪緹雅及她的前任朋友去已故的湯瑪斯先生家，我也不懷疑道頓警探帶你去塔利歐的工作地點及他住的大樓。我要借助艾勒里．昆恩（Ellery Queen）的能力，他是我最喜歡的演繹推理人物，如果這位警探做了這些事，她肯定相信你的靈媒天賦，這樣我們就能回到湯瑪斯家，道頓警探肯定一開始在那裡目睹了什麼，進而相信你的能力。」

「我聽不懂。」我說。

「不重要。」他靠向前。「我的意思是，雖然我傾向於理性世界、已知事件，以及經驗法則，我沒見過鬼，也沒有過什麼靈光一現的預感，但我必須坦承，你的說詞裡有些無法隨便解釋的元素。咱們就說這個塔利歐，或是其他霸占剩餘塔利歐內在的髒東西，假設這些都存在，問題就變成，你該怎麼趕走他？」

現在換我靠向前，想到他送我的書，裡頭都是一些非常恐怖的故事，只有幾篇得到幸福快樂的結局。繼姊砍掉腳趾頭；公主把青蛙扔向牆壁，而不是吻他；小紅帽慫恿大野狼吃掉奶奶，這樣她就能繼承奶奶的財產。

「可以嗎？你讀了那麼多書，肯定有辦法吧？或是……」新的念頭襲來。「驅魔！這怎麼樣？」

「大概不會成功。」博奇特教授說。「我覺得與其介紹驅魔人給你，神父大概會把你送進孩童精神病院。如果你的塔利歐存在，傑米，也許他就是跟定你了。」

我氣餒地望著他。

「但也許這樣也沒關係。」

「沒關係？這樣怎麼可能沒關係？」

他拿起茶杯，喝了一口，然後放下。

「你有聽過驅魔儀式（Ritual of Chüd）嗎？」

38

如今我已經二十二歲快二十三歲了，住在「後來」的國度裡。我可以投票，可以開車，可以買菸買酒（我就要戒菸了），我明白我還是很年輕，我相信當我回顧那個時候，我會很訝異（希望不是厭惡）自己有多天真、有多少不更事。不過呢，二十二歲跟十三歲的距離還是很遙遠的，我明白的事物更多，相信的事物卻變少了。博奇特教授此刻肯定無法對我施展同樣的魔法，我不是在抱怨啦！肯尼斯・塔利歐（我還是不曉得他到底是什麼樣的存在，所以暫且這樣叫他）想要摧毀我的理智，教授的魔法是想拯救我的理智，甚至可以拯救我的性命。

後來，當我在大學裡做人類學報告的研究時（當然是紐約大學），我發現他告訴我的半數內容竟然是真的，另一半則是狗屁。不過他的創意值得加分（媽媽的英國羅曼史作家菲麗琶・史蒂芬斯會說「一百分」）。聽好了，其中也很諷刺：我的哈利舅舅還沒五十歲，腦子已經全壞了；馬帝．博奇特雖然七十好幾，創意卻還飛得上青天……而且是為了要協助一位不請自來的憂心忡忡男孩，帶著烤箱料理與詭異故事登門拜訪。

教授說，西藏與尼泊爾某個門派的佛教徒會進行驅魔儀式（對）。

他們進行這個儀式是為了進入徹底的空，進一步達到平靜與靈性的清明（也對）。

有人認為該儀式可以用來對抗邪魔，無論是心靈內在或外在入侵的超自然邪魔（這就處在模糊地帶）。

「傑米，因此這非常適合你，因為這個儀式面面俱到。」

「你是說，就算塔利歐不存在這招也管用，而我只是個神經病。」

他看我的神情結合了責備與不耐，他在教書生涯裡大概把這個表情練得爐火純青。

「如果你不介意，別講話，仔細聽。」

「抱歉。」我喝到第二杯茶，感覺太亢奮。

基礎原理鋪墊好了，博奇特教授現在即將前往信以為真的國度……是說我不懂其中的差別啦。他說這些高山國度的佛教徒遇到雪人（yeti）時都會使用這招，也有人稱其為雪怪。

「這是真的嗎？」我問。

「就跟你的塔利歐先生一樣，我不能確定，但是，也跟你的塔利歐先生一樣，我可以說西藏人相信是真的。」

教授繼續說，如果一個人不幸遇到雪人，這個雪人就會糾纏他一輩子。除非當事人能夠施展驅魔儀式，且從中得勝。

如果你跟上了，你就會知道如果狗屁是奧運比賽項目，那評審肯定會一致給博奇特教授滿分十分，但我那時才十三歲，狀況很糟。也就是說我完全信了。如果我腦袋裡曉得博奇特教授打的是什麼主意（我完全不記得），我也絲毫不去想。你要知道，我非常絕望，想到又名桑普的肯尼斯．塔利歐糾纏我下半輩子（糾纏，這是教授用的字眼），這已經是我想像中最可怕的事情了。

「怎麼操作？」我問。

「啊，你會喜歡的，就跟我送你的未刪減童話書一樣。根據這些傳說，你跟惡靈必須產生連結，連結的方式是咬著對方的舌頭。」

這話他講得很樂，我心想：喜歡？我怎麼會喜歡？

「一旦產生這種連結，你與惡靈就要展開意志的對決，我猜可以用心電感應的方式進行，畢竟在……互相咬舌頭的狀況下，要講話不太容易。首先退縮的一方必須俯首稱臣。」

我張著大嘴愣看著他。我家教很好，特別是在我媽的客戶與朋友面前，但我現在實在覺得太噁心，顧不得什麼社交禮儀了。「你覺得我……我要怎樣？跟那個傢伙舌吻？你是瘋了嗎？就一件事，他已經死了，你是哪裡聽不懂？」

「對，傑米，我相信我明白。」

「再說，我要怎麼逼他配合？我要說，肯肯寶貝，來這，咱們來舌吻一下？」

「說完了嗎？」博奇特教授不慍不火地說，又讓我覺得自己像課堂上最蠢的學生。「我覺得咬舌頭的部分可能只是一種象徵，就跟一口市售麵包與幾滴葡萄酒象徵了耶穌與門徒的最後晚餐一樣。」

我聽不懂，也不去教堂，於是閉嘴為上策。

「傑米，聽我說，仔細聽好了。」

我聽他說，彷彿攸關性命，因為我覺得這一切真的攸關我的性命。

39

我準備要告辭的時候（禮貌的態度又回來了，我沒忘記跟人家道謝），教授忽然問我他的妻子除了說戒指在哪裡之外，還有沒有講別的話。

十三歲的時候，你以為你會忘記六歲時發生的一切（我是說，這已經是大半個人生之前的事了！），但那天的景象我記得很清楚。我可以告訴他，博奇特太太如何批評我的綠色火雞，但我知道他對那個不感興趣。他想知道太太有沒有提到他，而不是想知道她對我說什麼。

「你那時抱著我媽，你太太說你的香菸會燒到我媽的頭髮，還真的燒到了。我猜你戒菸了？」

「我允許自己一天抽三根，我猜我可以多抽一點，也不會因此短命，但我只想抽三根。她還有講別的嗎？」

「呃，她說你一、兩個月後就會跟另一個女的吃飯，是叫黛比還是黛安娜之類的……」

「德洛蕊絲？德洛蕊絲．馬高文？」他用嶄新的目光看著我，我忽然希望我一開始就跟他講這一切。如此一來，就能輕易加強我的可信度。

「可能是吧。」

他搖搖頭。「夢娜總覺得我對那女人有意思，鬼才曉得為什麼。」

「她也提到她擦手的油……」

「綿羊油。」他說。「擦她腫脹的關節，真是見鬼。」

「還有一件事，她說你都會漏掉褲子最後面的皮帶環，我想她說的是，現在誰來幫你檢查。」

「我的天啊。」他輕聲地說。「噢，我的老天。傑米。」

「噢，她還吻了你臉頰一下。」

那只是淺淺的吻，好多年前的吻，但那一吻確定了一切。我猜是因為他想相信，不是信什麼鬼怪，而是信她，信她的吻，信她當時的確存在。

我見好就收，告辭閃人。

40

回家路上，我心不在焉地留意塔利歐是否出現（此時這是我的第二天性），但沒看到他。這樣很棒，但我已經打消他會永遠消失的念頭了。他就是討厭但避不開的傢伙，怎樣都會出現，我只希望每次看到時，我都作好心理準備。

那天晚上，我收到博奇特教授的電子郵件。信上說：我稍微研究了一下，找到一些有意思的結果，想說你大概也會感興趣。有三個附件，都是雷吉．湯瑪斯系列小說最後一集的書評。教授將他覺得有意思的地方畫線，讓我自己釐清結論，我乖乖照辦。

《週日泰晤士報》書評：「雷吉．湯瑪斯的告別演出包含了以往的性愛與沼澤冒險，但文筆銳利許多，時不時能夠找到閃著光芒的實際文字。」

《衛報》：「雖然雷亞納克謠傳已久的謎團對系列讀者而言並不意外（肯定都猜到了），湯瑪斯的敘事口吻卻比前幾集輕快，先前點綴在老太婆裹腳布裡的是充滿激情、有時稱得上是荒誕的性行為。」

《邁阿密先鋒報》：「對話慧黠、步調輕快，蘿拉．古德修與純純．貝坦庫的女同戀情首度感覺真切動人，而不只是淫穢的笑話或閃現的幻想。作為系列尾聲甚佳。」

我不能拿這些評論給我媽看（她肯定會問東問西），但我相信她肯定看過，我猜她應該跟我一樣都很高興。不只是因為她得逞了，她還替雷吉．湯瑪斯不怎麼樣的名聲增色不少。

在我遇到肯尼斯．塔利歐之後的幾週、幾個月裡，多數夜晚，我上床時都戒慎恐懼、悶悶不樂。那晚感覺不一樣。

41

我不確定那年夏天我還見過他幾次，這也許讓你明白了，但如果你還是不明白，那我直接說吧，那就是我已經開始習慣他的存在了。那天我轉身，在麗茲．道頓的後車廂旁看到他時，他近到足以碰觸我，或者那天電梯打開，他在電梯裡，說我媽得了癌症，還笑得跟那是什麼最棒的消息一樣，這些時候，要我相信我會習慣他？不可能。不過，有道是「親近生狎侮」，距離太近就不會敬畏了，在我的狀況裡，這話倒是說得挺對的。

他從來沒有出現在我的衣櫥裡或床底下（這個真的更可怕，因為我小時候一直認為怪物會等著抓我掛在床外的手腳），這點肯定有所幫助。那年夏天，我讀了《德古拉》，好啦，不是原著，而是我在禁忌星球（Forbidden Planet）書店買的超讚圖文小說，故事裡的范赫辛說，除非你邀請，不然吸血鬼不能進來。如果這招對吸血鬼有用，那對其他的超自然存在應該也有用（至少對十三歲的我而言），如同塔利歐體內的東西，讓他不會跟其他死人一樣，幾天後就消失。我上維基百科查詢史托克先生的資料，看他是不是胡扯的，但他不是，這個特徵出現在很多吸血鬼傳說裡。現在（後來了！）我明白這種象徵非常合理，如果自由意志存在，那邪惡肯定是邀請來的。

還有一件事，他已經不再對我做出那個彎手指叫我過去的動作了。那年夏天，他就只是站在遠方凝視著我。我只看過他召喚我一次，那次還滿好笑的。前提是，如果你覺得一個他媽的死鬼很好笑的話。

八月最後一個週日，媽媽弄到了紐約大都會隊與底特律老虎隊球賽的門票。大都會輸得可慘了，但我不在乎，因為媽從她出版社朋友那裡搞到的位置棒到不行（有違常人想法，文學經紀人的確有朋友）。位置就在三壘旁邊，從球場數上來第二排。到了七局中場休息，大都會已經快要追上了，就是那時我看到塔利歐。我轉頭尋找熱狗小販，頭轉回來，我的好兄弟桑普就站在三壘跑壘指導附近。同樣的卡其長褲，同樣的襯衫，左半邊都是血，鮮血灑在他的遺書上，腦袋開花的程度就跟有人在那裡引爆櫻桃炸彈這種鞭炮一樣。他笑著，對，伸手叫我過去。

老虎隊在內場互相傳球，就在我看到塔利歐之後，游擊手傳給三壘手的球整個偏掉。觀眾跟平常一樣倒起喝采（「遜咖，我奶奶都丟得比你好。」），但我坐在原位，雙手緊握，指甲嵌在掌心裡。游擊手沒有看到塔利歐（如果他看得見，他肯定會尖叫往外野狂奔而去），但他感覺到了。我知道他感覺到了。

還沒完呢，三壘跑壘指導過去撿球，但他卻後退，讓球滾到選手休息區去。他如果要撿，他就會直接撞進只有我看得到的那個「東西」。他是不是跟鬼片演的一樣，感覺到一陣膽寒？我不覺得。我覺得可能只有一、兩秒，他感覺到周遭世界都在顫動，跟吉他弦一樣震個不停，我有理由這麼想。

媽說：「傑米，你還好嗎？不是中暑了吧？」

「我沒事。」我說。不管有沒有雙手緊握，我基本上沒事。「妳有看到熱狗小販嗎？」

她轉頭向最近的小販揮手，我因此有機會對肯尼斯．塔利歐比中指。他的笑容變成齜牙咧嘴，之後他走進休息區，沒有上場的球員都在那邊，他們統統繞過長椅，給他空間，卻不曉得自己為什麼要這麼做。

我帶著微笑向後靠。我不覺得自己已經準備好要擊敗他（不是靠比十字架、灑聖水或亮中指），但這個想法似乎多少爬進我的腦袋裡了。

九局上，老虎隊領先七分，追趕無望，觀眾開始離席。媽問我要不要留下來看吉祥物大都會先生與球迷的奔跑見面會，我搖搖頭。那是專門設計給小孩子玩的，我已經參加過了，早在麗茲出現之前，早在那個該死的詹姆士．麥肯錫用龐氏騙局騙走我們的錢之前，甚至早在夢娜．博奇特說火雞不該是綠色的之前。那時我還是一個小小孩，而世界是我能盡情揮灑的舞台。

那似乎是很久很久以前的事了。

42

你也許會問這個問題，這個我當時從沒問過自己的問題：為什麼是我？為什麼是傑米．康克林？我沒有問過自己這個問題，不知道為什麼。我只能瞎猜，我想是因為我與眾不同，而「它」（這個躲在塔利歐裡面的東西）因此討厭我，想要傷害我，如果可以，「它」甚至想摧毀我。你可以說我瘋了，但我想我不知怎麼著冒犯到「它」了。也許是出於別的原因，我想也許，我是說也許，驅魔儀式已經開始了。

我想「它」一旦開始騷擾我，就不會罷休。

如我所言，我只是猜測。「它」肯定有其他理由，我不可能知道的理由，醜惡又駭人的理由。我說過了，這是一則恐怖故事。

43

我還是會怕塔利歐，但如果能夠執行博奇特教授儀式的機會出現，我肯定不會臨陣脫逃。我只要做好準備即可，讓塔利歐接近我，換句話說，他就不能只是在對街或站在花旗球場（Citi Field）的三壘附近。

我的機會在十月的某個週六到來。我正要去葛洛弗公園跟同學打觸身橄欖球。媽媽留了字條給我，說她讀菲麗芭．史蒂芬斯的新作讀到很晚，會晚點起床。我得自己安安靜靜吃早餐，咖啡只能喝半杯。我要跟朋友玩得開心一點，回家別腦震盪或摔斷手。我最晚兩點前得回來。她還留了午餐錢給我，我小心翼翼把紙鈔摺起，放進口袋。還有一個附註：「要求你吃點綠色蔬菜，甚至只是漢堡上的生菜，是不是在浪費時間？」

我一邊倒出一碗穀片早餐，一邊（安安靜靜地）吃的時候，心想：應該是喔，媽，應該是很浪費時間。

我出門時，根本沒想到塔利歐。他在我腦袋裡出現的時間愈來愈少了，我用這新挪出的腦容量想些別的東西，主要是女生。我沿著走廊去搭電梯的時候，腦袋裡只有芙蕾莉雅．高梅茲。塔利歐那天是不是捕捉到我腦子裡的空白，曉得我不是在想他，所以決定接近我？有點像某種低層次的心電感應？這我也不清楚。

我按下電梯按鈕，不曉得芙蕾莉雅會不會來看比賽。可能會喔，因為她哥巴布羅也有參賽。我作起白日夢，我截球，閃過所有想要碰觸我的人，高舉著球進入球門區，但電梯門打開時，我還是稍微後退，這已經成了我的第二天性。電梯裡空空如也，我按鈕前往一樓大廳。電梯下樓，門開了。這裡有段短短的走道，然後是從裡面上鎖的門，接著是一處不大的前廳。通往外面的大門沒有鎖，這樣郵差才能進來投信。要是塔利歐在外頭前廳裡，我的任務不可能達成，但他不在前廳，他在裡頭，就在走廊盡頭，臉上的笑容非常燦爛，彷彿後天燦笑就犯法一樣。

他想要開口說話，可能又要提供什麼狗屁預言，而如果我當時想著的不是芙蕾莉雅，而是他，我很可能會愣在原地或退後回電梯裡，拚命狂按「關門」鍵。不過，他因為闖進我的白日夢，害我很生氣，我因此忽然想起拿烤箱料理去博奇特教授家那天，教授跟我講的一切。

「咬舌頭只是與敵人較勁之前的其中一個儀式而已。」他說。「還有很多，毛利人會在面對對手時進行戰吼舞蹈，神風特攻隊飛行員則會用他們相信的『神奇清酒』互相舉杯，也會敬他們要攻擊的目標。在古埃及，交戰的家族在拔出利刀、長矛與弓箭前，會先拍打彼此的額頭；相撲選手則會互拍肩膀。這一切行為都訴說著同一件事，那就是『咱們戰場見，爭個高下』。傑米，換句話說，別費心伸出舌頭，只要牢牢抓住你的惡靈，說什麼也不放手就好。」

我沒有愣住、退縮，我反而想都沒想就衝上前去，伸出雙臂，彷彿是要擁抱久違的朋友一樣。我高聲尖叫，但我想我應該是在腦袋裡尖叫，因為一樓公寓的其他人都沒有轉頭看我在幹嘛。塔利歐（每次都露出他牙齒與臉頰之間的死人血塊）的笑容消失，我看到了令人驚喜也驚奇的畫面——他居然怕我。他背對前廳的門退後，但門是朝另一個方向開啟的，他被困住了。我連忙拉住他。

我無法描述那是什麼樣的感覺，我覺得就算是比我有才華的作家都很難講清楚，我就盡量了。記得我說過世界會顫抖震動，就跟吉他弦一樣嗎？這是塔利歐外面與他周遭的狀況。我記得這種感覺讓我牙齒打顫，眼球也跟著震，只不過還有另一種感覺，來自塔利歐的內在。有一個東西將他作為載體，死人與活人世界之間的連結消失後，這個東西不讓他去他該去的地方。

那是一個很可怕的東西，那個東西喊著叫我放手，或放塔利歐走。也許他們兩者沒有差別。「它」氣我，也害怕，但主要是驚訝。「它」完全沒有想到有人抓得住「它」。

我很確定，如果不是因為塔利歐被固定在門上，「它」很可能會逃走。我是個瘦小的孩子，塔利歐如果活著，他至少高我十二公分，重我五十公斤，但他死了。他裡面的那個東西卻是活的，我相信我在那間小商店外頭逼問塔利歐炸彈下落時，「它」趁機鑽進塔利歐的內在。

震動震得更誇張了，從地面震上來，從屋頂震下來。天花板的燈具都在晃動，投出搖曳的光影。牆壁似乎一下往這邊蠕動，一下往那邊蠕動。

「放開我。」塔利歐說，就連他的聲音都在抖，彷彿是用蠟紙包在木頭排梳上，用力吹氣才會發出的聲音。他雙手左右揮舞掙扎，然後又抱著我，拍打我的後背。我忽然變得很難呼吸。「放開我，我就放開你。」

「不。」我抱得更緊。我記得自己當時想：就是這個，這個就是驅魔儀式。我在自家紐約公寓大樓前廳裡，與惡靈展開生死決鬥。

「我會把你勒到無法呼吸。」「它」說。

「你辦不到。」我說，希望自己是對的。我還能呼吸，但氣息很短。我開始覺得我能看穿塔利歐，也許只是因為震動跟世界好像要跟玻璃酒杯一樣爆炸所產生的幻覺，但我真的不這麼想。我看進去的不是他的五臟六腑，而是一種光，同時明亮也黑暗，從這個世界以外的地方來的。非常恐怖。

我們站在那裡擁抱彼此多久？可能是五個小時，也可能只有九十秒。你會說五個小時，怎麼可能？肯定會有人過來，但我想……我幾乎可以確定……我們當時是處在時間之外。我只能確定一點，電梯門沒有在乘客離開後差不多五秒內關門。我還能從塔利歐肩膀後面看到電梯的倒影，這段時間，電梯門一直開啟。

最後，「它」說：「放我走，我就不回來。」

這是一個非常誘人的念頭，我想你應該能夠明白。要不是教授已經替我作好心理準備，我真的可能就此放手。

他說：他會開始討價還價，別讓他得逞。然後他告訴我該怎麼應對，大概以為我必須面對的是什麼精神疾病、情結，或心理問題吧？

「不夠好。」我說，繼續死抱著。

我看到塔利歐更裡面的深處，發覺他真的是鬼。大概所有的死人都是鬼，而我能夠看到他們鬼的實體。他變得愈來愈不結實，是一道「死光」，那道黑暗之光卻變得愈來愈明亮。我不曉得「它」是什麼，我只知道我抓到「它」了，有句老話說：「拉著老虎尾巴，死也不敢放手。」

塔利歐裡面的那個東西比任何老虎都可怕。

「你想怎樣？」氣喘吁吁，他應該不用呼吸吧？如果他需要呼吸，我敢說我的臉頰跟脖子上都會感覺到氣息，但他還是喘起大氣。也許他的狀況比我還糟。

「你不糾纏我？還不夠。」我深呼吸，說出如果我能對敵人施展驅魔儀式時，博奇特教授要我說的話。雖然我周遭的世界都震個不停，雖然這鬼玩意兒牢牢抓著我，講這句話卻讓我覺得非常愉悅，超級愉悅，戰士的愉悅。

「現在換我來糾纏你。」

「不！」「它」握得更緊了。

我緊緊拉著塔利歐，雖然塔利歐現在只是超自然的投影。

「對。」博奇特教授說如果我有機會，還有一句話也要說。我後來發現這句話是改編了一則知名鬼故事，實在非常適合。「噢，我一吹口哨，我的朋友，你就得來見我。[3]」

「不！」「它」掙扎起來。邪惡搏動的光讓我想吐，但我還是沒有放手。

「對，我想怎麼糾纏你，就怎麼糾纏你，如果你不答應，我就抱到你死掉那天。」

「我不會死！但你會！」

這話肯定沒說錯，但我從來沒有覺得自己這麼強大、強壯過。再說，在這段時間裡，塔利歐已經快要煙消雲散，他就是那道「死光」與我們世界之間僅存的微小連結。

我沒說話，只握得更緊，塔利歐也緊抓著我，我們就這樣僵持了好一會兒。我覺得冷，我雙手失去知覺，但我還是緊抱著。有必要，我會抱到天荒地老。我怕塔利歐裡面的那個東西，但「它」動彈不得。我當然也動彈不得，這就是這個儀式的本質。要是我放手，「它」就贏了。

最後「它」說：「我答應你的條件。」

我鬆開手，只有稍微鬆開一點點。「你是不是在騙人？」你大概會問這是什麼蠢問題，但這一點也不蠢。

「我不能撒謊。」聽起來有點鬧脾氣。「你知道我不能說謊。」

「再講一遍，說你答應。」

「我答應你的條件。」

「你知道我能糾纏你？」

「我知道，但我不怕你。」

口氣猖狂，但我那時已經知道塔利歐、「它」能講出虛假的陳述了。陳述並不是在回答問題，而且只要是說自己不怕的人，基本上都是在騙人。我不用等到後來才了解這點，我十三歲時就清楚得很。

「你怕我嗎？」

我看到塔利歐的五官又扭曲起來，彷彿是嚐到什麼酸溜溜或難吃的東西，對這個悲慘的混蛋來說，說實話大概就是這種滋味。

「對，你跟其他人不一樣，你看得見。」

「對什麼？」

「對，我怕你！」

3. 譯註：這句話改編自英國作家蒙塔格・羅德斯・詹姆斯（M. R. James）的故事篇名〈噢，吹哨，我的朋友，我就來找你〉（Oh, Whistle, and I'll Come to You, My Lad），講述一位年輕劍橋大學教授在海邊撿到一枚哨子，吹哨之後撞鬼的故事。

讚！

我放開他。「無論你是什麼東西，無論你要去哪，都給我滾，但記住，我叫你，你就得出現。」

他轉身，讓我再看一眼他左側頭部的大傷口。他抓著門把，他的手穿過去，但又沒有穿過去，兩個狀況同時存在。我知道聽起來很瘋狂，互相矛盾，但真的是這樣。我親眼看到的。門把轉動，門開了，同一時間，天花板上的燈忽然爆炸，玻璃從燈具上噴發落下。前廳裡應該有十二個左右的信箱，半數信箱的門忽然噴開。塔利歐從鮮血淋漓的肩膀轉頭，用憎恨的目光看我最後一眼，然後他就走了，前門沒有關上。我看著他走下階梯，不是奔跑，比較像跌跌撞撞倉皇逃逸。一個人騎著腳踏車經過，騎得很快，大概是郵差，忽然失去平衡跌倒，整個人癱坐在街上，咒罵起來。

我知道死人會影響活人，這不意外。我見識過，但那種影響都是幽微的影響。博奇特教授感覺到太太的親吻，麗茲感受到雷吉．湯瑪斯朝她的臉吹氣，但我剛剛看到的那一幕——燈泡炸掉，轉動的震動門把，還有從腳踏車上摔下來的郵差……完全是不同等級的事情。

我稱作「死光」的那個玩意兒在我緊抱不放手的時候，差點就要失去「它」的宿主，但我放手後，「它」不只重新奪回塔利歐，還變得更強大了。力量肯定是從我身上汲取的，但我並沒有覺得自己虛弱（就跟被德古拉伯爵當成美食餐車的可憐露西一樣）。事實上，我覺得好多了，清新又抖擻。

「它」變強了，那又怎樣？「它」是我的，是我的「小婊子」。

這是自從那天麗茲來學校接我、帶我去追蹤塔利歐之後，我終於覺得自己好起來了，彷彿大病初癒的人。

44

我約莫在兩點十五分到家，晚了一點，但不是「你去哪裡？我很擔心」的那種晚。我手臂上有一道長長的刮痕，褲子的膝蓋部位磨破了，因為一個高中男生撞我，我跌倒跌得很用力，但我還是覺得通體舒暢。芙蕾莉雅沒來，但她的兩個姊妹淘有去，其中一人說芙蕾莉雅喜歡我，另一個說我該跟她聊聊，也許跟她坐在一起吃午餐。

老天，人生充滿各種可能性啊。

我進了大門，看到有人（應該是大樓管理員普羅文薩先生）把塔利歐離開時噴開的信箱都關起來了，或者，應該說「它」肇事逃逸的時候。普羅文薩先生也把碎玻璃清掉，在電梯前面擺上一個牌子，寫著「暫時故障」。我因此想起那天，媽媽接我放學回家，我抓著我的綠色火雞圖畫，發現公園皇宮的電梯壞了，媽當時說：「去他媽的爛電梯。」然後是「小鬼頭，你沒聽到喔。」

往日時光啊。

我爬樓梯，開門進屋，看到媽媽把辦公椅拉到客廳窗邊，她在這邊喝咖啡、看稿子。「我正要打電話給你呢。」她說，然後目光下移。「噢，老天，那是新的牛仔褲耶。」

「抱歉啦。」我說。「也許妳可以補一補。」

「我有許多技能，但縫紉不是其中之一。我會拿褲子去丹迪洗衣店找雅柏森太太。你中午吃什麼？」

「漢堡，還有生菜跟番茄。」

「真的嗎？」

「我不能撒謊。」我說，這話當然讓我想起塔利歐，我因此打了一下下冷顫。

「讓我看看你的手臂，過來讓我看個清楚。」我走過去，露出我的「戰爭傷痕」。

「我猜不用貼OK繃，但你得擦點新孢黴素（Neosporin）。」

「擦完之後可以看一下ESPN體育台嗎？」

「如果我們有電當然可以，不然你以為我為什麼在窗邊看稿，不是在辦公桌上看？」

「噢，電梯肯定是因為這樣不能動了。」

「福爾摩斯，你的推理技巧真令我驚豔。」又一個我媽的文學笑話，她有很多個，可能有幾百個。「只有我們這棟大樓，普羅文薩先生說所有的斷路器都炸了，可能是什麼電力突增。他說他沒見過這種狀況，會想辦法在今晚之前修好，但我猜天黑之後，咱們就得點蠟燭、開手電筒過活囉。」

我心想，塔利歐，但當然不是他，是現在占據塔利歐身體的死光。「它」炸了燈泡，炸開一些信箱的門，離開時還狠狠炸毀斷路器。

我去浴室拿新孢黴素，這裡很黑，所以我順手按下電燈開關。習慣難改，對吧？我坐在沙發上，將抗生素藥膏抹在傷口上，看著沒有畫面的電視，思索起我們這種規模的大樓會有多少個斷路器，以及要多大的能量才會把它們統統炸壞。

我吹聲口哨，那東西就得出現。如果我吹口哨，「它」就會來找名叫傑米．康克林的小伙子？對一個還要三年才能考駕照的小孩來說，這樣的力量也真是太大了。

「媽？」

「怎麼啦？」

「妳覺得我可以交女朋友了嗎？」

「親愛的，不行。」她還埋首於她的手稿之中。

「幾歲才可以？」

「二十五怎麼樣。」

她大笑起來，我跟著她笑。我心想，也許吧，等到我二十五歲的時候，我就召喚出塔利歐，叫他給我端杯水來。不過，再三想想，「它」端來的東西大概有毒吧？如果只是想找樂子，我會叫「它」倒立、劈腿，也許在天花板上走路。或者，我可以放「它」走，叫「它」滾一邊去。當然這種事不用等到我二十五歲，隨時都可以。只不過我不想，讓「它」成為我的囚徒一陣子吧，那個噁心、恐怖的光，縮小成罐子裡的螢火蟲。看看「它」喜不喜歡這種滋味。

十點的時候，電力恢復了，世界又回到常軌。

45

星期天的時候，媽提議去拜訪博奇特教授，看看他狀況如何，順便把烤盤拿回來。「而且，我們可以帶點哈柏烘焙屋的可頌過去。」

我說聽起來不錯。她打電話給教授，他說非常歡迎，所以我們走去烘焙坊，然後招計程車。我媽不肯叫Uber，她說那很「不紐約」，計程車才符合紐約的風格。

我猜就算是老人也能體驗康復的魔法，因為博奇特教授現在只需要一根枴杖，而行動也靈活多了。是說他不可能再次參加紐約馬拉松啦（如果他參加過的話），但他在門口擁抱媽媽、向我握手的時候，我不用擔心他面朝下跌倒。他用敏銳的神情看我，我稍微點點頭，他露出微笑。我們明白彼此的意思。

媽忙進忙出，把可頌拿出來，還附上小塊奶油與果醬。十點多的陽光灑落進來，我們在廚房吃可頌，非常愉快。吃完後，媽把剩下的烤箱料理移到保鮮盒裡（剩超多的，我猜老人吃不多），然後把烤盤洗一洗。她把烤盤放著滴水，然後借用廁所。

她一離開，博奇特教授就從餐桌另一端靠過來，問：「怎麼了？」

「我昨天出電梯時，他就在前廳。我沒有多想，衝上去就抓住他。」

「他在那裡？這個塔利歐？你看到他了？感覺到他了？」你知道，他還是相信一切只發生在我的腦袋裡。我從他臉上看到這種心情，說真的，怎麼能怪他呢？

「對，但那不是塔利歐，再也不是他了。他體內的東西是一道光，這道光想逃，但我死命抱住。很恐怖，但我知道如果我放手，我的下場會很慘。最後，當『它』看到塔利歐逐漸消失的時候，『它』就……」

「逐漸消失？什麼意思？」

沖馬桶的聲音。媽洗完手才會出來，但那也不需要多少時間。

「教授，我把你的話原封不動對『它』說了，說我吹口哨，『它』就得來，輪到我糾纏『它』了，『它』同意了。我逼『它』說出來，『它』也乖乖說了。」

在他能提出其他問題之前，我媽就回來了，但我看得出來他似乎很困擾，還以為整場對峙只發生在我的腦袋裡。這我懂，但我還是覺得有點氣，我是說，他明白狀況，戒指還有湯瑪斯先生的書，但現在回想起來，我可以理解。信念是一堵很高的跳欄，要翻過去不容易，對聰明的人來說，這道跳欄只會更高。聰明的人懂很多，也許就是因為這樣，他們以為自己無所不知、無所不曉。

「傑米，我們得走了。」媽說。「我要把手稿看完。」

「妳每天都有稿子要看。」我說，這話讓她大笑，因為真的是這樣。她在版權公司跟家裡都有好幾疊待讀的稿子，兩邊都堆得很高。「我們告辭之前，跟教授說說我們大樓昨天發生的事。」

她轉頭面向博奇特教授。「馬帝，超怪的，大樓裡的每一個斷路器都炸掉了，一次全壞光！管理員普羅文薩先生說肯定是有什麼電力突增的狀況，他說他沒見過這種事。」

教授看起來非常驚愕。「只有你們的大樓？」

「只有我們大樓。」她附和道。「傑米，走吧，咱們告辭了，讓馬帝休息。」

離開跟進來的動作一模一樣，博奇特教授用敏銳的目光看我，我則微微點頭。

我們理解彼此。

46

那天晚上，我收到教授從iPad寄來的電子郵件。他是我認識的人裡唯一一個還會正式使用問候語的人，寫的還是真正的文字，而不是How r u（你怎樣）、ROFL（笑到倒地打滾）或IMHO（依鄙人之拙見）。

親愛的傑米：

你與令堂今早離開後，我就伊斯特波特超市發現的炸彈研究了一番，我早該這麼做。我的發現很有意思。伊麗莎白·道頓在新聞報導中並非要角，拆彈小隊贏得主要掌聲（特別是警犬，因為大家都愛狗，我相信市長還親自將勳章頒給人類的好朋友），她僅僅做為「收到先前線人線報的警探」而已。成功拆彈後，她並沒有出席記者會，也沒有得到任何正式的表揚，這點我覺得非常特別。不過呢，她保住了她的工作，她應該只想要這份獎賞，而她的主管覺得她只配得到這麼多。

就我對這件事的研究，加上你與塔利歐對峙時大樓的電力短路，還有其他你讓我注意到的事情，我發現自己難以不信你所說的一切。

我必須叮嚀一句，你說換你糾纏「它」，你說吹聲口哨，「它」就得來，你講這些話的時候，臉上露出的自信讓我很擔心。也許「它」會來，但我強烈建議你不要這麼做。走鋼索的人有時會摔下來，馴獸師也會被他們以為的溫馴大貓傷害，在某些狀況下，就連最乖的狗狗都可能會轉頭咬向自己的主人。

傑米，我給你的建議是，不要再去招惹這個東西。

希望你一切順利。

你的朋友

馬汀・博奇特教授（馬帝）

P. S.：我對你特殊經歷的細節非常好奇，很想了解。如果你能光臨寒舍，我洗耳恭聽。我相信你還是不希望令堂為此擔憂，畢竟該事似乎已圓滿結束。

我立刻回信，我的回答比較短，但我沒忘記要寫得跟他一樣，彷彿這是什麼要寄出的實體信件。

親愛的博奇特教授：

我非常樂意與你見面詳談，但要等到禮拜三了，因為禮拜一要去大都會博物館校外教學，禮拜二則是校內男女對決的排球比賽。如果星期三可以，我放學就直接過去，差不多三點半，但我只能待一個小時左右。我會跟我媽說我只是想見見你，這是實話。

你的朋友
詹姆士・康克林

博奇特教授的iPad一定就放在他大腿上（我想像他坐在客廳裡，周遭都是昔日的裱框老照片），因為他立刻回信。

親愛的傑米：

星期三可以。我期待你三點半到來，我會準備葡萄乾餅乾。你想配茶還是汽水飲料？

馬帝・博奇特敬上

我懶得寫得那麼正式，只有輸入我不介意來杯咖啡，想了想，我又加上我媽沒意見。這不算謊言，而他用一個豎起大拇指的表情符號回我。我覺得很酷。

我的確跟博奇特教授見面了，但那時沒有飲料或餅乾。他不需要那些東西了，因為他死了。

47

禮拜二早上，我收到他的另一封信。我媽也收到了，很多人都收到了。

親愛的朋友與各位先進：

我有個壞消息。老朋友、老同事、前系主任大衛·羅伯森昨晚在佛羅里達午休礁的安養之家中風，此刻已經送往薩拉索塔紀念醫院。他逃過一劫的機率不高，甚至還沒有清醒，但我與大衛及他的妻子瑪麗認識四十多年，必須親自跑一趟，儘管我不想，但就算我只能安慰他的妻子、出席葬禮，我都該走這一趟。等我回來再安排與各位的見面邀約。

我在當地時會住在奧斯普里的本特利精品酒店（這麼氣派的名字！），找我可以聯絡酒店，但最好還是透過電子郵件聯絡我。你們多數人都知道，我不攜帶私人電話。造成不便，敬請見諒。

馬汀・博奇特（榮譽）教授敬上

吃早餐時，我對媽說：「他很老派耶。」她吃葡萄柚跟優格，我吃穀片。

她點點頭。「他是，而且他那種人已經為數不多囉。這把年紀還直奔探視病榻上一隻腳踏進棺材的朋友……」她搖搖頭。「了不起，非常敬佩，還有那封電郵！」

「博奇特寫的不是電郵，是信。」我說。

「沒錯，但我不是在想這個，是說你覺得他這把年紀了，到底還有多少約會跟約好的客人啊？」

我心想：哎呀，眼前就有一個。不過我沒說出口。

我不曉得教授的老朋友過世了沒，我只知道教授過世了。他在飛機上心臟病發，飛機降落時，他已經在座位上斷氣。他有另一個律師朋友（也收到教授最後一封電郵），這位朋友接到電話，他負責將遺體運回來，之後就是我媽接手了。她暫停公司業務，籌備葬禮。她讓我覺得很驕傲。她因為失去了一位朋友而哭泣難過，我也很難過，因為我也把她的朋友當成自己的朋友。麗茲不在了，他是我僅存的大人朋友。

葬禮在公園大道的長老教會舉行，就跟七年前夢娜·博奇特的葬禮同一個地點。我媽很氣他女兒（在西岸的那個）不能來。之後，出於好奇，我打開了博奇特教授寄的最後一封電子郵件，發現她也不是其中的副本收件人。收到這封信的「唯三」女性是我媽、理查斯太太（在公園皇宮跟他很好的四樓老太太），以及德洛蕊絲·馬高文，也就是博奇特太太預言她的鰥夫在她死後會約出去吃午餐的對象，但她料錯了。

我在教堂葬禮時尋找教授的身影，想說他太太出席了自己的葬禮，他可能也會來。

他沒來，但這次我們也參加了下葬的儀式，我看到他坐在一塊墓碑上，距離哀悼的人六公尺還是九公尺遠，但還是聽得到大家在講什麼。禱告時，我伸手低調地向他揮揮手。比較像擺手或揮手指，但他看到了，他笑了笑，也對我揮手。他就是一般的死人，不像肯尼斯．塔利歐那種怪物，這時，我哭了起來。

媽媽用手攬著我。

49

那天是禮拜一，我請假參加葬禮，回家後，我跟媽媽說我想去散散步，我需要思考思考。

「如果你沒事的話……當然好啊。傑米，你沒事吧？」

「沒事。」我說，還給她一個微笑證明這點。

「五點前回來，不然我會擔心。」

「好的。」

我到了門口，終於等到她的問題。「他在場嗎？」

我考慮要不要撒謊，也許這樣她就不會難過，可能還會好過一點。「在，他沒去教堂，但出現在墓園。」

「他……他看起來怎麼樣？」

我說他看起來還好，這倒是實話。他們總會穿著過世時的服裝，博奇特教授穿了一襲咖啡色的西裝，有點鬆垮，但「依鄙人之拙見」，他看起來還是很酷。我喜歡他搭飛機還穿西裝，因為這也是老派的作風。他沒有拄枴杖，大概是因為他過世時沒有握著枴杖，或是因為心臟病發時，他鬆開了手。

「傑米？在你出門散步之前，媽媽可以抱抱你嗎？」

我抱著她，久久沒有放手。

50

我步行前往公園皇宮，相較於那年秋天一手牽著媽媽，一手拿著綠色火雞圖畫的男孩而言，我已經長大也長高許多了。長高，長大，也許甚至更聰明了，但我還是同一個人。我們改變，我們沒有改變。我無法解釋，這是一個謎。

我不能進大樓，我沒有鑰匙，但也沒有這個必要，因為博奇特教授就穿著他的咖啡色旅行西裝坐在台階上。我坐在他身邊。一位老太太牽著一隻小毛狗經過，狗狗看著教授，老太太沒有。

「教授，你好。」

「傑米，你好。」

距離他在飛機上過世已經過了幾天，他的聲音跟其他死人一樣開始變得遙遠，彷彿他是在很遠的地方跟我講話，而距離還會持續拉開一樣。他雖然跟過往一樣親切，但他似乎也變得，怎麼說呢？疏遠了起來？多數死人都這樣。就連博奇特太太也是，但她的話比一般死人還要多（除非你問問題，不然有些死人根本不會開口）。因為他們不必加入遊行，成了旁觀者？接近了，但還是不太對。他們彷彿是心裡有其他更重要的事情，這也是我第一次注意到，對他來說，我的聲音也聽起來一定很遙遠。整個世界都在褪色遠去。

「你還好嗎？」

「好。」

「心臟病發的時候，痛嗎？」

「痛，但一下就結束了。」他望向街道，沒有看我，彷彿是要記住街道的樣子一樣。

「你需要我幫你做什麼事嗎？」

「只有一件事，千萬別召喚塔利歐。因為塔利歐已經不在了，會來的是占據他的東西。我相信在文學作品裡，那種存在叫做『奪舍』。」

「我不會找他的，我保證。教授，『它』一開始是怎麼占據塔利歐的？是因為塔利歐一開始就很邪惡嗎？是這原因嗎？」

「我不知道，但很有可能。」

「你還想聽我那天抓住他的過程嗎？」我想起他的電郵。「事發經過？」

「不了。」這樣的回答讓我失望，但並不意外。死人對活人的生命不感興趣。「記住我的話就好。」

「會的，別擔心。」

他的語氣閃過一絲惱怒。「我存疑。你非常勇敢，但你也非常走運。你不明白，因為你只是小孩子，但聽我的話。那玩意兒是打宇宙之外來的，沒有人能夠想像其中的恐怖。如果你跟『它』打交道，你就是冒著死亡、發瘋或摧毀靈魂的風險。」

我沒聽過人家講什麼「打交道」這種字眼，我猜這應該又是教授的老派用詞，就跟「電冰箱」一樣，但我懂他的意思。如果他是想嚇我，那他成功了。摧毀我的靈魂？老天啊！

「我不會的。」我說。「真的不會。」

他沒回話，只是看著街道，雙手擺在膝蓋上。

「教授，我會想你的。」

「好。」他的聲音愈來愈模糊。很快我就聽不見他講話，只能看到他的嘴唇在動了。

「我可以問你另一件事嗎？」蠢問題，你問，他們就必須回答，但你可能不會喜歡他們的答案。

「可以。」

我提出我的問題。

51

我到家時，我媽正在用我們喜歡的方式料理鮭魚，也就是用濕的廚房紙巾把魚包起來，放進微波爐裡蒸熟。你會覺得這麼簡單的料理方式怎麼可能會好吃，但真的很好吃。

「時間抓得剛剛好。」她說。「有一包凱薩沙拉，可以幫我組合一下嗎？」

「好。」我從冰箱（電冰箱）裡把東西拿出來，打開包裝。

「別忘了把菜洗一洗，包裝上說洗過了，但我才不信。用濾盆。」

我拿出濾盆，把生菜倒進去，然後打開水龍頭，調到水花模式。「我回我們之前住的大樓。」我說。我沒有看著她，我正專注眼前的工作。

「我多少也料到了。他在那嗎？」

「在。我問他，為什麼他女兒都不來看他，甚至連葬禮也不來。」我關掉水龍頭。

「媽，她在精神病院，教授說她一輩子也出不來。她殺了自己的寶寶，還想自殺。」

我媽原本正要把鮭魚放進微波爐裡，但她把東西擱在檯面上，一屁股跌坐到高腳椅上。「噢，我的天啊，夢娜說她女兒是加州理工學院生物實驗室助理，她看起來超自豪的。」

「教授說她有緊張……什麼障礙。」

「緊張性抑鬱障礙。」

「對，就是這個。」

我媽低頭看著我們即將完成的晚餐，粉紅色的鮭魚肉似乎從裹著的紙巾下透出亮光。她彷彿陷入深思，然後她的眉頭舒展了開來。

「現在我們大概曉得了我們不應該知道的事情，覆水難收。傑米，每個人都有秘密，隨著時間過去，你自己也會有所體悟。」

多虧麗茲跟肯尼斯・塔利歐，我已經明白這點了，我也會發現我媽的秘密。

這是後來的事了。

52

肯尼斯・塔利歐從新聞上消失了，取而代之的是其他的禽獸。而且因為他不再糾纏我，他也從我的腦袋前線消失了。隨著秋天變涼，進入冬天，電梯開門前，我還是會習慣性後退，但等到我十四歲時，這小小的遲疑也跟著消失了。

我偶爾會見到別的死人（我大概錯過了幾個，因為除非他們是意外身亡，或距離我很近，不然看起來跟常人沒兩樣）。就跟你分享一次經驗，但這件事與我的主要故事無關。他是一個小男孩，大概跟我見到博奇特太太時差不多。他站在公園大道的分隔島上，穿了一件紅色短褲跟星際大戰的T恤。他臉色慘白，嘴唇是藍色的。我覺得他應該是想哭，但他哭不出淚水來。因為他看起來有點眼熟，於是我穿越公園大道市區那一側，問他怎麼了。你知道，除了死掉之外，還能怎麼了。

「我找不到回家的路！」

「你知道地址嗎？」

「我住在第二大道四百九十號十六樓B座。」他跟錄音一樣背誦起來。

「好。」我說。「沒有很遠，走吧，孩子，我帶你過去。」

那個社區叫做奇普灣園。我們到了，他就坐在路邊。他不哭了，開始跟其他死人一樣出現飄渺遠目的神情。我不想留他在那裡，但我不知道還能怎麼辦。在我離開之前，我問起他的名字，他說他叫理查．史卡拉提。這時我才想起我在哪裡見過他，紐約一號頻道上有他的照片。幾個大男孩害他溺死在中央公園的天鵝湖裡，他們哭得很激動，說他們只是在胡鬧。也許是吧，也許後來我會搞清楚這一切，但我覺得應該不會。

53

那個時候我們的經濟狀況已經寬裕到能讓我去上私立學校了，我媽讓我看道爾頓學校（Dalton School）跟友誼學校（Friends Seminary）的簡介手冊，但我選擇待在公立體制，去念羅斯福高中，野馬橄欖球隊的老家。還好啦，那段日子我跟媽媽都過得很好。她挖到一個超級知名的客戶，專寫些山怪、樹林精靈、踏上征途的尊貴之人。我交了一個女朋友，算是吧。瑪麗．露．史坦雖然有鄰家女孩的名字，但她骨子裡是個哥德知識分子，還是大影迷。我們幾乎一個禮拜會去一次安吉利卡電影中心，坐在後排看字幕。

就在我過完生日後沒幾天（我終於來到了不起的十五歲），媽傳訊息給我，問我下課後可不可以先去版權公司一趟，她說不是什麼大事，只是她想親口告訴我這個消息。

我到了，她倒了一杯咖啡給我（不常見但也不是沒發生過），問我是否記得黑蘇．赫南德茲，我說我記得。他曾是麗茲的工作搭檔，他們合作了兩年，媽、麗茲與赫南德茲警探夫妻一起吃飯時，讓我跟過兩次。那是好久以前的事了，但要忘記一個一百九十八公分高、名叫耶穌（Jesus）的警探可不容易，但他名字其實要用西班牙文發音，唸成「黑蘇」。

「我喜歡他的髒辮雷鬼頭。」我說。「超酷的。」

「他打電話來，說麗茲丟了工作。」媽媽跟麗茲這時已經井水不犯河水好一陣子了，但媽看起來還是很難過。「她私運毒品的事終於曝光了，黑蘇說是很大量的海洛因。」

我很難過。麗茲對我媽後來就不好了，她顯然對我也很糟，但聽說這種事還是很不舒服。我記得她搔我癢，搔到我差點漏尿，也記得我們坐在沙發上，一邊是媽媽，一邊是她，我們三個人看著電視節目，發出蠢笑，還有她帶我去布朗克斯動物園，買了一顆比我腦袋還大的棉花糖。別忘了她還拯救了五十甚至是一百條可能會死在桑普最後炸彈裡的無辜性命。她的動機也許是好或是壞，但那些人命的確保住了。

我想起她們最後一次爭執時提到的字眼，不小心聽到的字眼。媽說那叫「沉重的一磅」。「她不會坐牢吧？」

媽說：「這個嘛，她已經保釋出來了，黑蘇說的，但到頭來……親愛的，我覺得她很可能會坐牢。」

「噢，該死。」我想像麗茲穿著橘色連身犯人服，就跟我媽偶爾會看的Netflix節目裡的女人一樣。

她握起我的手。「啊不就好棒棒。」

54

又過了兩、三個禮拜，麗茲綁架了我。你可以說她第一次不是綁架我去找塔利歐嗎？但那應該叫做「軟性攔截」，這次是真的綁架。她沒有又踢又叫逼我上車，但她還是逼我了，就我所知，這就叫綁架。

我那天去網球隊練習，打完兩場比賽，正要回家。我背起背包，網球裝備的袋子提在手上。我朝公車站前進，卻看見一個女人靠在破爛的Toyota旁看手機，我沒仔細看就走過去。我絕對不會想到這個瘦巴巴的女人（稻草般枯黃色的頭髮從沒拉鍊的粗呢外套領口冒出來，底下是過大的灰色運動衫，破舊的牛仔靴消失進鬆垮的牛仔褲裡）是我媽的昔日好友。我媽的昔日好友過往喜歡深色的窄褲跟低胸絲質襯衫，我媽的昔日好友過往會把頭髮往後梳成一根短短的馬尾，我媽的昔日好友過往看起來很健康。

「嘿，冠軍，看到老朋友，連聲招呼也不打？」

我停下腳步轉頭，一度認不出她。她的臉消瘦又慘白，脂粉未施，額頭看起來坑坑疤疤的。我小時候欣賞的線條都沒了，外套與寬鬆運動衫下只暗示過往曾經雄偉的胸部。要我猜，我會說她大概瘦了十八，甚至二十二公斤，看起來老了二十歲。

「麗茲？」

「絕無分號。」她對我笑了笑，然後用掌心抹鼻子，蓋住了笑容。*毒癮*，我心想，*她有毒癮*。

「妳好嗎？」

大概不是最明智的問題，但在這種狀況下，我只能想到這個。我很謹慎，跟她拉開我覺得安全的距離，如果她要幹什麼怪事，我就可以立刻跑走。怪事是很有可能的，因為她看起來就很怪。不是電視上演員假裝毒癮那樣，而是偶爾會看到的真正毒蟲，在公園長椅或廢棄建築大門裡打瞌睡。我猜現在的紐約已經比過往好，但偶爾還是看得到毒蟲出沒。

「我看起來如何？」她說完自己就大笑起來，但不是開心的笑。「別回答，但，嘿，我們也共度了一場『成年禮』，對吧？我該得到更多的賞識，但管他的，我們救了不少人命。」

我想了想因為她我所承受的一切，不只是因為塔利歐，她也搗亂了我媽的生活。麗茲・道頓讓我們都不好過，結果她又出現了，壞東西總在你不經意的時候冒出來。我生氣了。

「妳什麼都不該得到。是我讓他開口的，我因此付出代價了，妳根本就不懂。」

她歪著頭。「我當然懂，冠軍，跟我說說你付了什麼代價？夢到他腦袋上的大洞幾次？你要惡夢，偶爾看看休旅車裡燒得焦脆的三隻小動物吧，其中一個還是兒童座椅上的小朋友。所以你到底付出了什麼代價？」

「算了。」我說，準備離開。

她伸手拉住我的網球包背帶。「別走這麼快。冠軍，我又需要你了，快上馬。」

「想都別想。放開我的包包。」

她沒放手，於是我用力一扯。她弱不禁風，於是就跌倒了，發出低低的喊叫，鬆開我的包包。

經過的男人看了我一眼，那是大人看到小孩做壞事的眼神。「小鬼，你不可以這樣對女性。」

「滾一邊去。」麗茲一邊起身，一邊說。「我是警察。」

「隨便、隨便啦。」男人說著就離開了，頭都沒回。

「妳已經不是警察了。」我說。「我不會跟妳去任何地方，我甚至不想跟妳交談，所以別纏著我。」不過我還是覺得有點過意不去，剛剛出手太大力，害她跌在地上。我記得她跪在我們家的時候，但那時她是在跟我玩火柴盒小汽車。我想告訴自己，那是上輩子的事了，但不管用，因為那不是上輩子，那是我的這輩子。

「噢，但你會跟我走的。如果你不希望雷吉・湯瑪斯最後一本書的實際作者身分曝光的話，暢銷大作，及時解救了深陷破產危機的緹？死後才出版的暢銷書？」

「妳才不會這麼做。」然後從她話語的震驚中，我清醒了一點，連忙又說：「妳辦不到。妳的說法會與媽媽的說法相牴觸，妳是運毒犯，從妳的樣子看來，妳現在也是毒蟲了，誰會相信妳？沒有人會信妳！」

她原本把手機放在後方口袋裡，現在抽出來。「緹雅不是唯一一個記得錄音的人，聽好了。」

我聽到的話語讓我的胃如千斤重。那是我的聲音，童稚多了，但就是我的聲音，這個聲音告訴媽媽，純純會在前往雷亞納克湖小徑上的朽爛樹木殘株下找到她一直在尋找的鑰匙。

媽：「她怎麼知道哪棵殘株？」

停頓。

我：「馬汀・貝坦庫在上頭用粉筆畫了十字記號。」

媽：「她找到鑰匙之後呢？」

停頓。

我：「拿去給漢娜・羅登。她們一起去沼澤，尋找洞穴。」

媽：「漢娜打造出『尋覓之火』？讓她差點被當成女巫吊死的儀式？」

停頓。

我：「對，他說喬治．崔基爾偷偷跟蹤她們。他說光是看著漢娜就讓喬治充血，媽，這是什麼意思？」

媽：「別放在……」

麗茲暫停錄音。「還多著呢，不是全部，但至少有一個小時。冠軍，沒錯，就是你的聲音告訴你媽『她』所寫的書本內容。而你會成為報導裡的主角，詹姆士．康克林，靈媒男孩。」

我垂頭喪氣望著她。「妳之前為什麼不拿出來？我們去找塔利歐的時候？」

她看著我，彷彿我很蠢一樣，我大概真的很蠢。「沒必要，那時你基本上還是一個可愛的小朋友，願意做對的事情。現在你十五歲了，已經長成一個臭小鬼，身為青少年，這是你的特權，但這話題改天再聊吧。現在眼前的問題是，你要跟我上車去兜兜風，還是我把這個交給我認識的《紐約郵報》記者，給他一則勁爆的獨家新聞，文學經紀人竟然利用兒子的超能力，偽造出死去客戶的最後一本書？」

「去哪兜風？」

「冠軍，這是神秘之旅，上車就知道了。」

我不覺得我有選擇的餘地。「好，但有件事，別再叫我冠軍了，我又不是妳的寵物馬。」

「好啦，冠軍。」她露出微笑。「開玩笑的，只是開玩笑。傑米，上車。」

我乖乖上車。

55

「這次我要跟哪個死人交談？不管是誰，不管他們知道什麼，我都覺得妳還是會去坐牢。」

「噢，我才不會坐牢。」她說。「我覺得我不喜歡那裡的食物，更別說那裡的人。」

我們經過一座告示牌，上頭寫著「庫默州長大橋」，但紐約人還是稱其為塔潘齊大橋，或塔橋。我不喜歡這樣。「我們要去哪裡？」

「雷菲爾。」

唯一一個我所知道的雷菲爾是德古拉那個吃蒼蠅的幫手。「那是哪？靠近柏油村嗎？」

「錯，在紐伯茲北邊的一個小鎮，到那邊要兩、三個小時，所以放鬆點，享受這趟旅程吧。」

我瞪著她，不只是驚慌，而是害怕。「開什麼玩笑！我還要回家吃晚餐！」

「看來緹雅今晚得獨自享用了。」她從粗呢外套口袋拿出一個小瓶子，裡面有白白黃黃的粉末，瓶蓋上還連著一根小小的金色湯匙。她一手扭開瓶蓋，倒了一點粉末在她開車的那隻手手背上，然後用力吸起來。她（還是用一隻手）將蓋子扭回去，將小瓶子放回口袋裡。動作之靈敏說明了熟能生巧。

她看到我的表情，露出微笑。她的眼睛變得異常明亮。「沒看過人家這麼做嗎？傑米，你真是活在溫室裡的花朵。」

我看過同學吸大麻，甚至自己也吸過，但這麼強烈的東西？不，曾經有人在學校舞會上給我搖頭丸，但我拒絕了。

她用手又抹起鼻子，這動作真的很不好看。「我可以分你一些，我喜歡分享，但這是我的獨家特製配方，古柯鹼與海洛因，二比一混合，再加上一點芬太尼。我已經有耐受性了，所以這足以強到炸開你的小腦袋瓜子。」

也許她有耐受性，但藥效發作時，我還是看得出來。她坐直身子，講話速度變快，但至少她還能沿著直線前進，遵守限速。

「你知道，這一切都是你媽的錯。這麼多年來，我從A點，也就是七十九街小船碼頭或史都華機場，將毒品送去B點，這個B點可能是附近五大區的任何地方。一開始主要都是古柯鹼，但現在不一樣了，多虧了奧施康定這種止痛藥，這玩意兒讓人快速上癮，我是說，哎呀呀，超級快的。當醫生不繼續開藥，這些毒蟲就在街頭購買。價格水漲船高，他們發現了不起的白衣天使也能提供同樣的快感，而且便宜多了，於是他們就去找醫護人員。我們要去見的人就是他們的供應商。」

「而他死了。」

她皺起眉頭。「小鬼頭，別打斷我。你想知道，我正在講。」

我記得我只想知道我們要去哪裡，但我沒說。我想讓自己不要那麼害怕，管用，因為她是麗茲啊，但程度有限，因為她看起來一點也不像我認識的那個麗茲。

「他們都說，不要嗑自己的貨，這是金玉良言，但在緹雅把我趕出去後，我就開始淺嚐。只是不要那麼憂鬱而已。然後我淺嚐得多了，過一陣子之後，就不只淺嚐，我開始吸毒了。」

「我媽趕妳出去是因為妳把毒品帶進我們家。」我說。「一切都是妳的錯。」聰明一點的人大概知道該閉嘴，但我真的忍不住。她變成這副模樣，還想怪我媽，真是讓我再次怒火中燒。不管怎麼樣，她都沒注意到。

「我就告訴你一件事，冠……傑米，我不來針頭注射那套。」她講得相當自豪。「一次都沒有，因為用吸的，還有戒癮的可能。用打的，一輩子都戒不掉。」

「妳流鼻血了。」只是一道細細的紅色，沿著她的人中流下來。

「是嗎？謝了。」她又用掌心抹鼻子，然後轉頭面向我一秒。「弄掉了嗎？」

「嗯哼，現在認真看路。」

「遵命，乘客駕駛先生。」她說，她一度聽起來像是昔日的麗茲。我沒有因此心碎，但有一點揪心的感覺。

我們繼續前進。就週間的午後時分而言，交通還算順暢。我想到我媽。她現在應該還在經紀公司，但她很快就會到家。一開始她不會擔心，然後她會有點擔心，接著她會非常擔心。

「我可以打電話給我媽嗎？我不會跟她說我在哪裡，只是要報平安。」

「當然，你打吧。」

我從口袋裡掏出手機，然後手機不見了。她用蜥蜴吐舌頭捲蟲子的速度一把搶走，在我還沒搞清楚發生什麼事前，她就打開車窗，將手機扔在高速公路上。

「妳幹嘛？」我高喊：「那是我的！」

「我很高興你提醒我手機的存在。」現在我們沿著八十七號州際公路，也就是收費公路的路標前進。「我都忘了呢。你知道，他們都說藥物毒品是麻醉劑，還真沒說錯。」然後她大笑起來。

我朝她肩膀捶拳。車子打滑了一下，然後又恢復直線前進。有人朝我們按喇叭。麗茲瞪了我一眼，這次沒有笑容。這大概是她昔日對人唸米蘭達宣言時會出現的表情。你知道，面對罪犯的表情。「傑米，再碰我一下，我就揍爆你的蛋蛋，讓你吐一地。鬼才知道這不是某人第一次吐在這爛車裡。」

「妳打算一邊開車，一邊揍我？」

現在她的笑容回來了，嘴唇打開的程度足以露出她的上排牙齒。「試試看啊。」

（如果你好奇）我沒有，我什麼嘗試都沒有做，包括高聲召喚霸占塔利歐的那個生物，雖然「它」理論上會聽我的話，「我一吹口哨，我的朋友，你就得來見我」，記得嗎？事實是，我完全沒有想到他或「它」。我忘了，就跟一開始麗茲忘記拿走我的手機一樣，而我甚至不能怪罪吸進鼻子裡的毒品呢。反正我也許不會召喚那東西來，誰曉得「它」來了會發生什麼事？而且，就算「它」來……這個，我是怕麗茲，但我更怕那個死光鬼東西。死亡、發瘋或摧毀靈魂，教授是這麼說的啊。

「小鬼頭，你想想，如果你打電話給她，說你很好，只是跟你的老朋友麗茲．道頓出門兜兜風，你覺得她會說，『好啊，傑米，沒關係，叫她請你吃飯』嗎？」

我沒說話。

「她會報警，但這還不是最嚴重的事。我早該扔掉你的手機，因為她可以追蹤。」

我瞪大了眼。「她可以追蹤我的手機？放屁！」

麗茲點點頭，又露出笑容，眼睛再度移回道路上，此時我們正駛過一輛兩節的半掛式卡車。「你十歲那年，她給你第一支手機的時候，就在上面裝了定位軟體。是我教她怎麼隱藏的，所以你才不會發現鬧脾氣。」

「我兩年前換新手機了。」我咕噥著說，眼角有淚水刺痛的感覺，不曉得為什麼。我覺得……我不曉得該用什麼字眼形容。等等，也許我知道，就是「腹背受敵」，沒錯，我感覺就是這樣，腹背受敵。

「你以為她沒裝在新手機上？」麗茲發出刺耳的笑聲。「開什麼玩笑？小鬼頭，你是她唯一的兒子，她的小王子。她從今天起還會繼續追蹤你十年，直到你結婚，替第一個孩子換尿布為止。」

「媽的騙子。」我說，但我是低聲說給自己聽。

我們出了市區，她又吸了一點她的特殊配方，動作還是一樣熟練，但這次車子稍微打滑了一下，我們又得到另一記不悅的喇叭聲。我希望警察朝我們亮燈，一開始我覺得這是個好主意，足以結束這場惡夢，但也許不然。麗茲此刻如此激動，她很可能會想跟警察比速度，最後害死我們兩人。我想起中央公園的男人，某人用外套遮蓋住他的上半身，這樣路人才不會看到最可怕的場面，但我看到了。

麗茲又開朗了起來。「傑米，你可以成為一流的偵探。有你那種技能，你會是明日之星，沒有任何一場命案逃得過你的法眼，因為你能跟受害者溝通。」

我的確想過這種事一、兩次。詹姆士·康克林，死人偵探，或該說，死人的偵探？不曉得哪個比較響亮。

「但不要加入紐約市警當警察喔。」她繼續說。「都是一些該死的混蛋。你自己開業，當私家偵探，我都看得到你的名字掛在牆上。」她的雙手短暫放開方向盤，比出一個招牌框框的樣子。

又聽見喇叭響。

「好好開車啦。」我盡量用平穩的語氣講話，大概不管用，因為我真的很驚慌。

「冠軍，別擔心我。我忘記的開車技巧比你學會的還多。」

「妳又流鼻血了。」我說。

她又用手掌抹了抹，然後擦在運動衫上。看來這不是她第一次往身上抹。「鼻中隔壞了。」她說。「等我戒毒，就去整形修好。」

之後我們沉默了許久。

56

我們上了收費公路，麗茲這才又吸了一下她的特殊配方。我會說她開始嚇到我了，但我們早就過了那個時刻。

「你想知道我們怎麼會走到這一步嗎？我跟你，福爾摩斯跟華生又開啟另一段冒險？」

我不會用「冒險」這個字眼，但我沒開口。

「從你的表情看得出你不想知道，沒關係。說來話長，也不怎麼有趣，但我就跟你說這麼多，天底下沒有一個孩子希望自己長大之後成為流浪漢、大學系主任、黑警，或在西徹斯特郡收垃圾，我的妹夫最近就是在忙這個。」

她大笑起來，但我不曉得收垃圾有什麼好笑。

「你可能會覺得這件事有點意思，我經常從A點把毒品送去B點，領我的錢，但你媽在我外套口袋裡找到的東西其實是我替朋友免費跑的一趟。你仔細想想，還真諷刺。那時內務部已經注意到我了。他們不確定，但距離不遠了。我怕死了緝揭發我。我那時就該閃人，但實在辦不到。」她停頓了一下，想了想，又說：「應該說不願意。現在回想起來我不確定是辦不到還是不願意，但我因此想到切特·阿金斯（Chet Atkins）說過的話。你聽說過這位音樂人嗎？」

我搖搖頭。

「偉人這麼快就遭到遺忘。你回去之後自己Google一下，了不起的吉他手，可以跟艾瑞克・克萊普頓（Eric Clapton）、馬克・諾弗勒（Mark Knopfler）並駕齊驅的殿堂級人物。他那時談到他沒辦法好好替樂器調音，他說的是『那時我發現我已經幹不好這種工作，但賺進的大把鈔票已經讓我無法回頭了。』這句話也適用在我的運毒事業上。既然我們只是在紐約收費公路上殺時間，我就告訴你一件事。你以為在二〇〇八年經濟大海嘯時，只有你媽受傷？才不是，我有一檔投資組合，小小一檔，但那是我的，也瞬間蒸發。」

她又經過另一輛聯結車，她先謹慎打燈切出去，之後再回來同一條車道。想到她吸了多少毒品，我還滿驚豔的，同時也很感恩。雖然我不想跟她在一起，但我更不想跟她死在一起。

「但重點是我妹貝絲，她跟一個在大投資公司的人結婚。你沒聽過切特・阿金斯，那你大概也沒聽說過貝爾斯登公司（Bear Stearns）公司，對吧？」

我不曉得是要點頭還是要搖頭，於是我就坐著不動。

「丹尼，我妹夫，如今的廢棄物管理專業人士，貝絲跟他結婚的時候，他只是貝爾斯登裡的小職員，但他向上爬的道路很明顯，未來璀璨到他必須戴上墨鏡，這又是從另一首歌詞裡借來的。他們在塔卡霍村買了一間屋子，貸款金額很高，但大家都向他們保證，房價只會漲不會跌，就跟股票市場一樣，我也這麼說，真他媽瞎了狗眼。他們還替孩子找了一個互惠生保母（au pair），他們是鄉村俱樂部的初級會員，他們是不是花太多錢？媽的，當然是。貝絲是不是看不起我的七萬美金年薪？肯定是，但你知道我爸是怎麼說的嗎？」

我心想：我怎麼會知道？

「他會說，如果你想跟自己的影子賽跑，最後只會一臉栽在地上。事情急轉直下時，丹尼跟貝絲正在討論蓋游泳池的事。貝爾斯登最擅長不動產抵押證券，忽然間，他們手上的文件就成了廢紙。」

我們經過一個招牌，上頭寫著「新帕爾次五十九，波啟普夕七十，雷菲爾七十八」。我們距離最終目的地頂多一個小時的車程，想到這裡，我打起冷顫，最終目的地（Final Destination）也是電影《絕命終結站》的英文片名，那是非常血腥的恐怖電影，我跟朋友一起看過。是說沒有《大白鯊》系列恐怖啦，但還是滿噁心的。

「貝爾斯登？真是說笑。一個禮拜前，他們的股票賣到一張一百七十美金，然後掉到十塊。其他公司也跟著跳樓，只有摩根大通進去撿便宜。公司高層還過得去，他們總能撐過去，但其他男男女女的小傢伙可沒那麼幸運了。傑米，去YouTube上看看，你會看到一些影片是很多人從豪華市中心辦公室大樓走出來，手裡捧著的箱子就是他們的職業生涯。丹尼．米勒就是其中一員。加入綠丘鄉村俱樂部六個月後，他開起綠潔公司的垃圾車。他還算幸運了。至於他們家？資不抵債，你懂這是什麼意思嗎？」

我碰巧知道。「他們欠的錢遠超過房子的價值。」

「說得好，冠……傑米，班上第一名。不過那是他們僅有的資產，更別說唯一一處能讓貝絲、丹尼、我外甥女法蘭馨晚上能夠遮風避雨的地方。貝絲說她有朋友晚上睡在帳篷裡。你猜猜是誰及時相助讓他們能夠繼續供養那尊擁有四個大房間的白色大象[4]？」

「我猜是妳。」

「沒錯。我可以告訴你，貝絲再也不會看不起我的七萬美金年薪。不過，這筆錢統統來自我的薪水，還有我爭取來的加班？並不是。還是加上我在兩間夜總會當保全的兼職？還是不夠。不過，我在這些場合認識了人，拓展人脈，得到案子。這種工作不會受不景氣影響。葬儀社會賺錢，資產回收公司、保釋代理人、酒店，還有毒品生意，都不受影響。因為無論經濟好壞，人都會想要嗨一下。還有，對，我喜歡好東西，我不會道歉。我覺得

4. 譯註：英文裡「白色大象」指的是消耗龐大資源，但沒有價值或沒有用的東西。

高級的東西能夠慰藉我的心靈，我覺得我值得好東西。我保住了妹妹一家的房子，在那之前，貝絲一直看不起我，因為她長得比較漂亮，人比較聰明，讀的是真正的大學，不是社區大學，而且，當然了，她是異性戀。」最後這句話麗茲是齜牙咧嘴說的。

「出了什麼事？」我問。「妳怎麼會丟了工作？」

「內務部用尿檢偷襲我，我完全沒有心理準備。他們不是不知道，只是在我搞定塔利歐之後，他們沒辦法立刻除掉我，那樣不好看。於是他們靜觀其變，我猜這招很高明，他們以為我不知道，他們想要利用我，要我戴上竊聽器跟電影《衝突》（Serpico）裡的那些裝備，要我去臥底。不過，有句老話是這麼說的，但不是我爸說的，這句話是『告密仔進水溝』。再說，他們不曉得我袖子裡還有一張王牌。」

「什麼王牌？」如果你想說我蠢就說吧，但這是很認真的問題。

「你，傑米，你就是我的王牌。自從塔利歐之後，我就知道哪天我能用上你。」

57

我們開車經過雷菲爾市區，從單一主街上的酒吧、書店跟速食店看來，這裡是大學生愛來的地方。另一邊道路往西，開始爬升蜿蜒進卡茲奇山。差不多開了五公里後，我們抵達一處能夠俯瞰沃爾基爾河的野餐區。麗茲開進去、熄火。這裡只有我們。她拿出她的特別配方小瓶子，考慮扭開瓶蓋，但她把瓶子拿開。她拉開粗呢外套，我看到運動衫上有更多乾涸的血跡。我想到她說她的鼻中隔壞了，想到她吸食的毒品粉末侵蝕了她的皮膚，這比《絕命終結站》或《大白鯊》系列演得更可怕，因為這是真的。

「小鬼頭，該說說我為什麼要帶你過來了。你必須先有心理準備，了解我對你有什麼期待。我覺得我們分手時不會是朋友，但也許能夠好聚好散。」

我沒說出口的是，這點我存疑。

「如果你想理解毒品交易是怎麼運作的，你該看看《火線重案組》。電影設定在巴爾的摩，不是紐約，但毒品交易不會因為地域不同而有太大的差異。這是一座金字塔，就跟任何一種賺大錢的組織一樣。最底層是低級的街頭販子，多數都是未成年人，這樣他們如果被捉，頂多就是當未成年人處罰。今天出現在家事法庭，明天又回到街角。然後是高級毒販，他們在俱樂部服務，也就是他們找到我的地方，再來就是談好折扣大批買進的肥貓。」

她又大笑起來，我也不懂這有什麼好笑的。

「再往上有你的供應商，你的小主管，負責讓生意運作順暢，然後是會計、律師，然後才是上頭的大人物。一切都分工明確，至少應該是這樣。底下的人只知道自己上面一層是誰，僅此而已。中間的人只知道他們上面是誰，但還卡著一個律師。我就不一樣了，我在金字塔之外，呃，在階級制度之外。」

「因為妳負責運送，就跟傑森．史塔森（Jason Statham）那部電影一樣。」

「差不多。運送的人理當只認識兩個人，一是在A點交貨給我的人，以及在B點收貨的人。B點的人是資深的批發商，開始要讓毒品從金字塔往下流，前往一切的『最終目的地』，也就是使用者手上。」

又是「最終目的地」，《絕命終結站》又浮現腦海。

「只不過身為警察，我會留心，對吧？雖然是手腳不乾淨的警察，但還是警察。我不會問東問西，多問很危險，但我仔細聽。再說，我也進得去紐約市警跟緝毒組的資料庫，好啦，之前進得去。要一路追溯到金字塔最頂端也不是什麼難事。大概有十幾個人將三種主要的毒品賣往紐約跟新英格蘭地區，但我賣命的老闆碰巧住在雷菲爾。我該說，生前住在雷菲爾。他叫唐納．馬斯頓，他繳稅時，先前登記的職業是『營造商』，目前則是『退休』。他的確從人生退休了，好嗎？」

我該說，生前住在雷菲爾。從人生退休了。

又讓我想起肯尼斯．塔利歐。

「孩子聽懂囉。」麗茲說。「太棒了。介意我抽菸嗎？我還是等到這一切結束後再吸我的獨家配方，那時我會來個雙倍份量，讓血壓飆個爽。」

她不等我說好或不好，就點起香菸。不過至少她搖下了車窗，讓菸氣往外飄。大部分的菸氣啦。

「他的同事、他的同夥都叫唐尼．馬斯頓為『唐尼大佬』，這可是有原因的。他就是一個肥仔，抱歉我說話政治不正確。親愛的，不只一百五十公斤，兩百差不多。他自找的，昨天死神終於找上門了，腦出血。連槍都不用就崩了他的腦子。」

她吸了長長一口菸，然後往窗外吐。天光依舊大亮，但影子已經開始拉長。很快天色也會昏暗起來。

「他中風之前的一個禮拜，我從我的兩名聯絡人那邊得知，唐尼收到一批來自中國的貨，這兩個聯絡人就是跟我保持友好關係的B點人士。他們說是很大一批貨，不是毒品，是藥丸，山寨的奧施康定，其中大部分是唐尼大佬自己要賣的，也許算是紅利。反正我是這麼猜的，因為傑米，金字塔是沒有頂端的，就連老大上面也還有老大。」

這讓我想到媽媽跟哈利舅舅偶爾會唸的打油詩。我猜他們是小時候學的，而哈利舅舅雖然腦子重要的部分大都壞了，偶爾他也會想起來。大跳蚤身上有小跳蚤，小跳蚤身上有小小跳蚤，一丈還有一丈高，永無止境，眼睛都看不到。我猜我也許會跟我的孩子分享，前提是如果我有機會擁有自己的孩子。

「藥丸，傑米，藥丸！」她聽起來欣喜若狂，感覺超詭異。「運送更輕鬆，轉賣更容易！大量意味著兩、三千顆，也許一萬顆，而我其中一位B點朋友瑞哥說那是四十毫克的藥丸。你知道四十毫克在街上能賣到多少錢嗎？別想了，我知道你不懂，一顆可以賣到八十塊。還不用汗流浹背用垃圾袋裝著海洛因到處跑，這玩意兒可以裝在他媽的手提箱裡。」

菸氣從她唇間飄出，她看著白煙飄向標示「遠離山緣，以策安全」的護欄告示牌。

「傑米，我們會弄到那些藥丸，你要問出東西放在哪裡。我的朋友說如果我找得到貨，那他們也要分一杯羹，我當然說好，但這是我想出來的主意。再說，也許那邊不會有一萬顆，可能只有八千，甚至八百。」

她歪著頭，然後甩起腦袋，彷彿是自己在跟自己爭論一樣。

「兩千顆跑不掉，至少會有兩千顆，肯定會有，大概只會多不會少。唐尼的銷售紅利，因為他在紐約客戶之間供貨表現良好。不過如果開始分層出售這批貨，賺到口袋裡的錢就少了，我可不蠢。我是有些毒癮問題，但我不會因此變蠢。傑米，你知道我打算怎麼做嗎？」

我搖搖頭。

「弄去西岸，從這邊的世界永遠消失。新衣服、新髮色，全新的我。我會在那裡找到可以交易奧施康定的人，我也許賣不到一顆八十塊，但我還是會賺一筆，因為奧施康定還是黃金標準，而中國山寨貨的品質跟真貨差不了多少。然後我會頂著我的新髮型，穿著我的新衣服，弄到我的新身分。我會入住戒毒診所，找份工作，也許是能夠彌補過往的工作。天主教說那叫贖罪，你覺得聽起來如何？」

我心想：聽起來像作白日夢。

我的心情一定寫在臉上，因為她愉快的笑容僵住了。「你不這麼想？好，咱們等著瞧。」

「我什麼都不想瞧。」我說。「我想離妳遠一點。」

她伸手，我向後靠，心想她可能是要對我動手，但她只是嘆了口氣，又抹起鼻子。

「我怎麼能怪你呢？咱們速戰速決。我們先開車去他家，雷菲爾路的最後一間，完全沒有鄰居。你要問他那些藥丸都放在哪裡。我猜應該是在他的私人保險箱裡，如果是，你要問出他的密碼。他必須告訴你，因為死人不能說謊。」

「這我不確定。」我說，能夠撒謊證明我還活著。「我又沒有向幾百個死人問過問題。我大多都不會跟他們交談。我幹嘛跟他們攀談？他們都死了。」

「但塔利歐跟你說炸彈在哪裡，他明明不想說。」

我無法辯駁，但還有其他可能。「要是那人不在那裡，怎麼辦？要是他的身體在別的地方，他去身體那裡呢？或是，我不知道啦，也許他去佛羅里達看爸媽最後一面？說不定他們死後能夠去任何地方。」

我想這話也許會動搖她，但她看起來完全沒有受到影響。「湯瑪斯就在他家，不是嗎？」

「麗茲，那不代表他們都這樣！」

「我很確定馬斯頓會在他家。」她聽起來非常有把握。她不明白死人是難以預料的。「咱們快點進行，然後我就實現你最期待的願望——這輩子再也不用見到我。」

她講這話時露出哀傷的神情，我彷彿要可憐她一樣，但我沒有。我對她的唯一情緒就只有恐懼。

58

道路持續蜿蜒上坡，繞了好幾個寬鬆的大彎。一開始，道路兩旁還有房子跟信箱，但距離愈拉愈開。樹木開始遮蓋，樹影交會之處讓天色看起來更黑，彷彿更晚了。

「你覺得有多少？」麗茲問。

「什麼？」

「跟你一樣能夠看到死人的人。」

「我怎麼會知道。」

「你有遇過看得見的人嗎？」

「沒，但這又不是能夠直接問的話題。好比說用『嘿，你看得見死人嗎』當開場白？」

「我猜不行，但你肯定不是遺傳你媽。」她彷彿是在說我眼珠的顏色，還是我的髮一樣。「那你爸呢？」

「我不曉得他是誰，還在不在什麼的。」說到我爸讓我渾身不對勁，大概是因為我媽不肯談他。

「你沒問過？」

「我當然問過，她不肯回答。」我在座位上轉身面對她。「她都沒有跟妳談過……他的事？」

「我問過，但結果跟你一樣，一堵高牆，一點都不像緹。」

又是彎道，現在比較窄了。沃爾基爾河在我們下方遠處，隨著下午的陽光金光閃閃，也許已經傍晚了。我的手錶擱在我的床邊桌上，儀表板上的時間顯示早上八點十五，肯定壞了。同一時間，道路的狀況也開始惡化。麗茲的車在碎裂的補丁上發出隆隆聲，車胎還重重駛過坑洞。

「說不定她喝太多，記不得，也許她遭人性侵。」我從來沒有想過這兩種可能，我向後退縮。「別看起來這麼驚訝，我只是在亂猜。你已經大到至少可以思考你媽可能經歷過什麼了。」

我沒有開口反駁她，我在腦袋裡反駁。事實上，我覺得她根本滿嘴狗屁。你要多大才會去想你的生命起因於在陌生車輛後座的昏迷性侵？還是你媽被人拖進暗巷？我覺得一般人根本沒辦法思考這種事。麗茲會講這種話大概已經說服我她成了什麼樣的人，也許她本來就是這樣。

「說不定你的天賦來自你爸，可惜你不能親自問他。」

我想要是遇見他，大概什麼也不會問，會直接朝他嘴巴來一拳。

「話說回來，也許是莫名其妙冒出來的。我住在這個紐澤西州小鎮，我們街上住著瓊斯一家。丈夫、妻子，五個小孩擠在這輛破爛小拖車裡。夫妻兩人蠢得跟石頭打造出來的船一樣，四個小孩也是。結果第五個孩子居然是個天才，六歲自學吉他，跳了兩級，十二歲就上高中。這打哪兒來的？你倒是說說看。」

「也許瓊斯太太跟郵差上床了。」我說。這是我在學校聽到的，這話逗得麗茲大笑。

「傑米，你真有意思。真希望我們還能當朋友。」

「那也許妳就該有朋友的樣子。」我說。

59

柏油路忽然消失，但後面的泥巴路其實比較好走，壓得嚴嚴實實，還噴過油，開起來很平穩。橘色的大型告示牌上寫著：私人道路，非請勿入。

「要是那邊有人怎麼辦？」我問。「妳知道，保鑣之類的？」

「如果有，他們就是在守靈。不過屍體不在這，看門的人也不會在，這裡只有園丁跟管家。如果你想像的是動作電影場景，戴著墨鏡的黑色西裝人士拿著半自動武器守著老大，還是算了吧。有槍的只有看門人，而就算泰迪碰巧在場，他也認識我。」

「那馬斯頓的太太呢？」

「沒有太太，她五年前離開了。」麗茲彈起手指。「隨風而逝，忽然消失。」

我們轉進另一個彎，前方的冷杉樹林讓山頭看起來毛毛刺刺的，遮住西邊的半片天空。太陽透過山谷缺口照過來，但很快就會下山。我們面前是鐵椿打造的柵門，緊閉的柵門，一旁有對講機跟數字按鈕，柵門裡面則是一棟小小的建築，應該是看門人待的地方。

麗茲停車熄火，取下鑰匙。「坐好了，傑米，這一切會在你意識到之前結束。」她滿臉脹紅，雙眼明亮。一絲鮮血從她鼻孔流出，她伸手抹去。她下了車，走去對講機前面，車窗緊閉，我聽不到她說了什麼。然後她走去柵門一側，這次我聽到了，因為她提高嗓門。「泰迪？你在嗎？是你的朋友麗茲。想來致敬，但我要知道該去哪裡！」

沒有回音，沒人出來。麗茲回到柵門另一側，從後方口袋拿出一張紙，看了一下，然後在數字鍵盤上按了幾個鍵。柵門緩緩移動打開。她面露微笑回到車上。「傑米，看來這裡只有我們囉。」

她開車進去，車道有鋪柏油，滑順得跟玻璃一樣。又是一個大彎道，隨著麗茲開車過去，車道兩旁的燈都自動亮了起來。後來我才知道這種燈叫做火炬燈（lights flambeaux），很像老《科學怪人》電影裡的暴民衝進城堡時拿的那種火炬。

「很漂亮。」我說。

「對，但傑米，看看這鬼地方！」

出現在彎道另一端的是馬斯頓的房子，很像你在電影裡會看到的好萊塢山區豪宅，很大，又整個凸出去。面向我們的這一側整面都是玻璃，我想像馬斯頓一邊喝早上的咖啡，欣賞日出。我敢說他可以一路看到波啟浦夕，甚至更下去的地方。不過，話又說回來……波啟浦夕？也許不是什麼賞心悅目的景色。

「由海洛因打造的豪宅。」麗茲的語氣聽起來很惡毒。「華麗又花俏，外加車庫裡的賓士跟保時捷敞篷車。我就是為了這些東西丟了工作。」

我想說：妳也有過選擇。每次我搞砸的時候，我媽都會這麼說，但我沒開口。她跟桑普的炸彈一樣激動，我可不想引爆她。

又拐了一個彎，我們來到房子前面鋪著石板的庭院。麗茲繞過去，我看到一個人站在可以停兩輛車的車庫前面，馬斯頓的名車就在裡頭（顯然他們沒有用保時捷敞篷車運送唐尼大佬的遺體）。我正要開口問那人是不是看門人泰迪，因為他很瘦，肯定不是馬斯頓，結果我就看到這個人沒了嘴巴。

「保時捷在裡面嗎？」我問，希望我的口氣聽起來還算正常。我用手指著車庫，那個人就站在前面。

她看了一眼。「對，但如果你想兜風或看看，你都要失望了。我們是來辦正事的。」

她沒看到那個人，只有我看得見。而且從他原本嘴巴位置的紅色大洞看來，他是死於非命。

我說過了，這是一則恐怖故事。

60

麗茲熄火下車。她看到我還坐在副駕駛座上，雙腳踩著幾張零食包裝袋，她搖了我一下。「傑米，下車了，你該『工作』了，然後你就自由了。」

我下了車，跟著她前往大門。路上我又轉頭看了車庫前面的男人一眼，他肯定知道我看得見他，因為他伸出一隻手。確定麗茲沒注意，我才揮手回應。

岩板階梯通往一扇高大的木門，門上還有獅頭叩門環。麗茲沒敲門，只看了一眼她口袋拿出來的紙張，在數字鍵盤上按了幾下。紅燈變成綠燈，「砰」的一聲，門開了。

馬斯頓把開門密碼交給底層的運毒人員？我不覺得他會這麼做，我覺得跟她說有一批藥丸要來的人也不會知道。她卻知道這些密碼，我不喜歡這樣，此時是我第一次想起塔利歐……或該說那個現在寄生在僅存塔利歐體內的東西。我在驅魔儀式中戰勝了「它」，說不定我召喚，「它」真的會來，要假設「它」會尊重我們的協議。不過，這點尚未經過證實。不管怎麼說，那是最後沒辦法的辦法，因為我很怕「它」。

「進去吧。」麗茲將紙張塞回後方口袋，原本握著紙張的手現在放進粗呢外套口袋。我看了一眼站在車庫前面的男人，我猜是泰迪的那個人。我看到他嘴上的流血大洞，想起麗茲運動衫上的血跡。也許那是她抹鼻血的血。

也許不是。

「我說，進去。」這不是邀請。

我開了門。這裡沒有門廳或前廊，只是一個大大的空間。中間低於地面的地方有沙發與椅子，我後來才曉得這種空間稱為談話池。周遭有看起來更貴的家具（也許有人會坐在外圈觀看底下的對話），看起來像有輪子的吧台，牆上還有裝飾。我說裝飾是因為那看起來不像藝術品，只是一堆灑潑的顏料與扭曲線條，但這種東西有裱框，所以我猜對馬斯頓來說，這的確算藝術。談話池上頭有一座水晶吊燈，看起來至少有兩百公斤重，我可不會想站在它下方。空間遠處，談話池後方，則是兩道對稱高聳的環形迴旋室內梯。我在真實生活裡見過稍微比較類似的東西（不是在電視或電影裡看到的），應該就是第五大道蘋果商店的透明階梯了。

「這裡很了不起，是不是？」麗茲關上了門，發出聲響，然後用手掌拍下門邊一排電燈開關。更多火炬亮起，外加水晶吊燈。投出的光線非常美妙，但我無心欣賞。我愈來愈肯定麗茲先前來過這裡，槍擊泰迪，然後才接我過來。

我告訴自己：*如果她不知道我看見泰迪，她就不用滅我口*。雖然這話某種程度說得通，但我知道相信邏輯不見得能夠讓我全身而退。她飄飄然，嗨得跟風箏一樣高，還激動顫抖。我又想起桑普的炸彈。

「妳沒問我。」我說。

「問你什麼？」

「他在不在這裡。」

「好啊，他在嗎？」她的語氣聽起來並不在乎，比較像是做做樣子。這到底是怎麼回事？

「他不在。」我說。

她看起來沒有很難過，不像我們去找塔利歐那天一樣難過。「咱們去二樓看看，說不定他在主臥室，回味他在那邊跟女人共度的春宵。瑪德琳離開後，這種經驗可多了，說不定太太還在的時候，他就經常亂搞了。」

「我不想去那裡。」

「為什麼？傑米，這裡沒有鬧鬼。」

「如果他在上面，那就真的有鬧鬼。」

她想了一下，然後大笑起來。她的手還插在外套口袋裡。「我猜你說的有道理，但既然我們要找的就是他，快點上去。快快快。」

我比了比距離偌大空間右邊有段距離的走廊。「說不定他在廚房。」

「弄點心吃？我不覺得。我覺得他在樓上，快點。」

我想繼續爭論，或斷然拒絕，但當她把手從外套口袋裡拿出來時，我很清楚她會握著什麼。於是我開始爬上右側的室內梯。護欄是雲霧狀的綠色玻璃，光滑又冰涼。每一層階梯都由綠色石頭打造，我數過了，總共有四十七階，每一階的價值都等同於一輛韓國的Kia汽車。

階梯最上方的牆壁上有一面兩公尺高的鍍金大鏡子，另一側有另一面。我看著自己跟麗茲一起出現在鏡面上，然後轉頭。

「妳的鼻子。」我說。

「看到了。」她兩個鼻孔都流血了。她抹抹鼻子，然後又擦在運動衫上。「是壓力，微血管很脆弱，壓力一大就流血。我們找到馬斯頓，他招出藥丸的所在位置後，壓力就會減輕了。」

我好奇起來：槍殺泰迪的時候，妳有流鼻血嗎？那時壓力有多大啊？麗茲。

樓上的走道其實是一個環形的露台，根本是一座伸展台，還有及腰的圍欄。從這邊看下去讓我的胃感覺七上八下的。如果你跌下去（或被人推下去），你會直接摔進談話池中央，那裡的彩色地毯可沒辦法緩衝你撞擊到下方石頭地板的力道。

「傑米，左轉。」

這意味著遠離露台，這樣很好。我們沿著左邊長長的走道前進，這裡有很多扇門，所以在房間裡的人都看得到外頭的裝潢。唯一一間打開的門是在半路的位置，那是一座環形書房，每層書架上都塞滿了書。我媽看到會驚喜到暈倒。唯一一面沒有書本的牆壁下則是沙發跟座椅，當然還有窗戶，曲面玻璃此刻向外遠眺染紫的暮色。我看到雷菲爾市區的點點燈火，我差不多願意放棄一切換取去那裡的機會。

麗茲也沒問馬斯頓在不在書房，她一眼都沒看。我們抵達走廊盡頭，她用沒有插在口袋裡的那隻手指著最後一扇門。「我相信他在那裡，開門。」

我乖乖開門，沒錯，唐納．馬斯頓就在那裡，癱在一張看起來不止兩倍，可能是三倍或四倍大的巨人床上。他本人的尺寸也是常人的四倍，這點麗茲倒沒唬人。在我年幼的雙眸裡，他整個人大到好不真實，根本是幻覺。剪裁合宜的好西裝也許能夠至少遮住一些他的贅肉，但他沒有穿西裝。他穿了條家庭號尺寸的四角褲，僅此而已。他的肥肚，不知道算幾罩杯的胸部，還有蝴蝶袖手臂，這些部位都有十字形的切割傷痕。他滿月般的臉滿是瘀青，一隻眼睛腫到打不開。他嘴裡咬著一個怪東西，後來我才曉得那叫「口球」（從你媽不希望你上的網站裡看到的）。他的手腕銬在床頭的床柱上。麗茲肯定只有帶兩副手銬，因為他的腳踝是用膠帶固定在床腳的床柱上，一隻腳大概需要一整捲膠帶。

「看看一家之主在此。」麗茲說。

他沒受傷的那隻眼睛眨了眨。你會說，從手銬跟膠帶我就應該看懂了，而且某些傷口還在滲血。不過我真的不懂，我受了驚嚇，我沒有立刻明白，直到我看到他眨眼，這時我才恍然大悟。

「他還活著！」

「我來搞定。」麗茲說。她從外套口袋裡掏出手槍，朝他腦袋就是一槍。

61

鮮血與腦子噴灑在他身後的牆面上。我尖叫著跑出臥室，下了樓梯，朝大門跑去，與泰迪擦身而過，奔下山丘，一路衝刺到雷菲爾。這一切發生在一秒之中，然後麗茲用雙手環抱著我。

「穩住，小鬼頭，穩……」

我朝她肚子來了一拳，聽到她驚訝的喘息聲。然後我被迫轉身，雙手被扭在身後。痛得要死，我繼續尖叫。忽然間，我的雙腿沒有繼續支撐我。她掃向我的腿，我摔倒在地，尖叫不已，她則把我的雙手往後扯，扯得很高，我的手腕都碰到肩胛骨了。

「閉嘴！」她低吼的聲音充斥在我的耳朵裡。這個女人曾經跟我一起玩火柴盒小汽車，我們一起跪在地上，我媽在廚房攪拌義大利麵醬，聽著網路電台的老歌。「閉嘴我就放開你！」

我閉嘴，她放開我。現在我趴在地上，盯著地毯，渾身顫抖不已。

「傑米，給我起來。」

我勉強起身，但我持續望著地毯。我不想看到那個上半部腦袋消失的肥胖男人。

「他在這裡嗎？」

我看著地毯，一語不發。我的頭髮卡在眼睛裡，肩膀隱隱作痛。

「他在這嗎？四處看一下！」

我抬起頭，同時聽到脖子發出喀啦聲。我沒有直接望著馬斯頓，但我還是看得到他，要錯過如此龐然大物實在很難，但我聚焦在他床邊的小桌上。上頭有好幾顆藥丸，還有一個塞滿餡料的三明治與一瓶礦泉水。

「他在這裡嗎？」她重重拍了我後腦一下。

我環視四周。這裡只有我們跟胖男人的屍體。現在我看過兩個頭部中槍的人了，塔利歐算一個，但至少我不用目睹他的死亡過程。

「沒有。」我說。

「為什麼？他怎麼不在這裡？」她的語氣聽起來非常驚慌。我那時沒有多想，我嚇死了。一直到後來，我的腦袋瓜子重播起在馬斯頓臥房這永無止境的五分鐘時，我才驚覺她根本不相信我。雖然有雷吉．湯瑪斯跟他那本書，雖然在超市找到了炸彈，但她擔心我根本看不見死人，而她殺了唯一一個曉得大批藥丸藏在哪裡的人。

「我不知道，我沒有親眼目睹人家死掉過。也許……也許需要一點時間。麗茲，我不知道。」

「好吧。」她說。「我們等等看。」

「不要在這裡等，好嗎？拜託，麗茲，我不想看著他。」

「那去走廊。如果我放開你，你會乖乖的嗎？」

「會。」

「不會想再跑？」

「不會。」

「你最好別跑。我不願意朝你的下半身開槍，那樣你的網球生涯就結束了。出去。」

我出去，她跟著我出去，如果我想逃，她可以阻止我。我們到了走廊，她要我再看一看。我到處看了看，馬斯頓沒有出現，我如實相告。

「該死。」然後是：「你看到三明治了，對吧？」

我點點頭。男人綁在他的大床上，手腳都固定住，三明治跟瓶裝水是替他準備的。

「他超愛吃。」麗茲說。「我跟他一起在餐廳吃過飯。他不該拿刀叉，用鏟子就可以了。真他媽的豬。」

「他無法進食，幹嘛留三明治給他？」

「我要他看得到，吃不到，就這麼簡單，只能眼巴巴看著。趁著我去接你的時候，看一整天。相信我，腦袋中槍是他活該，你知道他用他的……歡樂毒藥害了多少人嗎？」

我心想：是誰助紂為虐？但我當然沒說出口。

「你覺得他還能活多久？兩年？五年？我上過他的廁所，傑米，他有一個雙倍尺寸的馬桶蓋！」她發出介於大笑與噁心的聲音。「好啦，咱們去露台那邊，看他會不會出現在大空間那裡。慢慢走。」

就算我想，我也走不快，因為我的腿還在顫抖，膝蓋好軟。

「你知道我是怎麼弄到柵門密碼的嗎？馬斯頓的快遞人員，他古柯鹼癮頭很大，如果我要，我可以跟他老婆上床，如果我繼續提供他毒品，他就願意滿足太太的需求。房子的密碼是泰迪給我的。」

「然後妳就殺了他。」

「不然我還能怎麼辦？」我彷彿是班上最蠢的學生一樣。「他會指認我啊。」

我心想：我也會。然後我因此想起這個一吹口哨就能召喚來的東西。我必須吹口哨，但我還是不想這麼做。說不定不管用呢？對啊，不只這樣。摩擦神燈叫精靈出來？沒事，你好棒。摩擦神燈，召喚來的是個惡靈（死光什麼的），鬼才曉得會發生什麼事，我是不知道會怎麼樣啦。

我們抵達有著低矮扶手與距離地面很高的露台。我往下望。

「他在下面嗎？」

「不在。」

手槍抵著我的下背部。「你說謊是不是？」

「沒有！」

她發出刺耳的嘆息。「事情不該發展成這樣。」

「麗茲，我不曉得事情該發展成什麼模樣。就我所知，他可能在外頭跟泰……」我沒說下去。

她拉著我的肩膀，讓我轉過身去。她上唇都是血，她的壓力肯定爆表了，但她露出笑容。「你看見泰迪了？」

我目光低垂，如此反應已經回答了這個問題。

「你這狡猾的小狗。」她居然笑得出來。「如果馬斯頓不出現在這裡，我們等等就出去逛逛，但此刻，咱們再等一下。我們還等得起。他的新歡婊子去牙買加還是巴貝多探親了，反正就是有棕櫚樹的地方，平常他沒有客人，這陣子他都用電話談生意。我過來的時候，他就躺在那裡看電視上那個強法法官的節目（John Law court show）。老天，我希望他至少穿個睡衣什麼的。」

我沒說話。

「他說沒有藥丸，我看得出來他在撒謊，所以我銬住他，稍微割傷他一下，想說這樣他就會招出東西在哪，結果你知道他的反應是什麼嗎？他嘲笑我，說，對，的確是有奧施康定，多得很，但他說什麼也不會告訴我。他說『我為什麼要說？妳橫豎都會殺了我』，這時我才恍然大悟，真不敢相信我先前都沒想到，真是蠢到家。」她用拿槍的那隻手拍打自己的頭部一側。

「我。」我說。「妳就是想到我。」

「沒錯，所以我留了三明治跟瓶裝水給他『欣賞』，去紐約接你，我們開車回來，沒有人來，我們走到這一步，所以他到底他媽的在哪？」

「在那。」我說。

「什麼？哪裡？」

我指過去。她轉頭，當然什麼也沒看到，但我看得很清楚。唐納·馬斯頓，又名唐尼大佬，他就站在環形書房的門口。他只穿了四角褲，上半部的頭基本上都沒了，他的肩膀都是血，但他用麗茲沒有因為憤怒與挫敗而打傷的那隻眼睛望著我。

我遲疑地向他揮揮手。他也揮手回應我。

62

「快問他！」她緊抓著我的肩膀，朝我的臉吐氣。兩者都令人不悅，但她的氣息更糟。

「放手我就問。」

我緩緩走向馬斯頓。麗茲緊跟在後，我感覺得到她陰森的存在。

我站在距離他約一百五十公分的位置。「藥丸在哪裡？」

他回答得毫無遲疑，就跟大多數的死人一樣（除了塔利歐），彷彿那一點也不重要。怎麼會重要呢？他再也不需要那些東西了，對他所在的世界，以及他即將要去的地方而言，真的無足輕重。前提是如果他還會去下一站的話啦。

「有些在我床邊的小桌上，但大多在醫藥櫃裡，妥泰膜、鋅加維生素的補充劑、心律錠、法莫替丁、活路利淨……」還有六、七種藥，他跟唸購物清單一樣，不帶感情一一列出。

「他說什……」

「閉嘴。」我說。這一刻，控制權在我身上，但我不曉得這種狀態能夠維持多久。要是我召喚了寄身在塔利歐裡面的東西，我還能掌控局面嗎？我不曉得這個問題的答案。「我問錯問題了。」

我轉頭面向她。

「我可以問正確的問題，但妳首先必須承諾妳達到目的之後，就會放我走。」

「傑米，我當然會。」她說，我知道她在說謊。我不確定我是怎麼知道的，其中毫無邏輯可言，但也不是出於純粹的直覺。我覺得大概跟她喊我名字時目光閃爍有關。

此時我就知道我不得不吹口哨了。

唐納．馬斯頓還站在書房門口。我忽然短暫好奇起他是否讀過裡頭的書，還是那些書只是裝飾而已？「她不要處方藥，她要的是奧施康定。在哪？」

接下來的情景過去也發生過一次，就是我問塔利歐最後的炸彈放置在哪裡的時候。馬斯頓的話語開始跟不上他嘴巴的動作，彷彿是掙扎不想回答一樣。「我不想告訴你。」

塔利歐也是這麼說的。

「傑米！他在說……」

「我說，閉嘴！給我一個機會問清楚！」然後對他說：「奧施康定在哪裡？」

遭受強迫時，塔利歐看起來非常痛苦，我覺得（不確定怎麼知道的，但我覺得）死光就是此時進去他體內的。馬斯頓看起來並沒有實際的痛苦，但雖然他死了，他還是有一些情緒。他伸手掩面，就像做錯事的小朋友，說：「避難室。」

「什麼意思？避難室是什麼？」

「如果壞人闖入，可以躲進去。」情緒消失，速度跟浮現時一樣快。馬斯頓又恢復到唸購物清單的模式。「我有敵人，她就是其一，我只是不知道。」

「問他避難室在哪！」麗茲說。

我很確定在哪，但我還是問了。他指向書房。

「是密室。」我說，但這聽起來不像問題，他沒有反應。「是密室嗎？」

「對。」

「帶我過去。」

他走進書房，現在這裡相當昏暗，幽影重重。死人不見得就是鬼，但他走進幽暗之處時，他看起來真的很像鬼。麗茲到處摸索，才打開上方的燈跟火炬燈，暗示了她雖然會閱讀，但她沒有進來過。她到底進過這間房子幾次？也許一、兩次，也許從來沒來過。也許她只是看過照片，或是從來過的人嘴裡謹慎打聽過。

馬斯頓指著一層書。麗茲看不到，所以我學起他的模樣，說：「那裡。」

她走過去伸手用力拉。那時我就該跑，只不過她拖著我過去。她飄飄然，嗨到不行，但她還是保留了一些警察的直覺。她用另一隻手拉動好幾層書架，卻什麼反應也沒有。她咒罵起來，轉頭面對我。

為了阻止她又搖我、扭我手臂，我直接問馬斯頓最明顯的問題。「是不是有機關可以開門？」

「對。」

「傑米，他說什麼？該死，他說什麼？」

雖然我怕得要死，但她連珠砲般的問題還是快逼瘋我了。她忘記抹鼻子，現在鮮血沿著她的上唇流下來，她看起來就像史托克的吸血鬼。就我看來，她的確算是吸血鬼。

「麗茲，給我機會好好問話。」然後對馬斯頓說：「機關在哪？」

「右邊最上面一層。」馬斯頓說。

我轉告麗茲。她踮起腳來，胡亂摸索了一番，然後是喀啦一聲。這次她拉動的時候，書架的隱形鉸鏈轉開，露出了一扇金屬門，還有另一個數字鍵盤，數字上頭是一個小小的紅燈。用不著麗茲開口，我知道該問什麼。

「密碼是多少？」

他再次用手掩面，露出那個幼稚的洞說，彷彿是在說：我看不見你，你就看不見我。這個動作看起來有夠慘，但我不能因此心軟，不只是因為他是大毒梟，他販售的東西不曉得害死幾百人，也許幾千人，還讓幾萬人上癮。我也有自己的麻煩，好嗎？

「密碼……是……多少？」仔細說出每一個字，就跟面對塔利歐時一樣。不一樣，但其實一樣。

他說了，他不得不說。

「七三六一二。」我說。

她按下數字鍵，依舊拉著我的手臂。我有點期待聽到哐啷跟噗哧聲，有點像科幻電影打開氣閘門那樣，但唯一的轉變就是小紅燈變成小綠燈。沒有門把也沒有扶手，於是麗茲推門，門開了。裡頭黑漆一片。

「問他燈的開關在哪裡。」

我問了，馬斯頓說：「沒有。」他又放下了手。他的聲音已經開始變弱了。我那時在想，他消失得這麼快，也許是因為他死於謀殺，而不是自然死亡或意外身亡。後來，我改變了想法，我覺得他想在我們搞清楚裡頭有什麼之前趕著消失。

「走進去看看。」我說。

她遲疑地踏進黑暗之中，還拉著我，天花板的燈具全部亮了起來，房間裡毫無生氣。盡頭有一座電冰箱（博奇特教授的聲音浮現）、加熱板跟微波爐，左右兩邊架子上都是便宜的罐頭食物，像是火腿、丁提．摩爾燉牛肉湯還有奧斯卡國王沙丁魚，以及一小包一小包的食物（我後來才曉得這些是可以打開即食的軍糧）。低層架子上有一台市內電話機，空間中央有一張樸素的木頭桌子，上頭有桌上型電腦、印表機、厚厚的資料夾跟夾鏈盥洗包。

「奧施康定在哪？」

我問了。「他說在收納包裡，誰曉得那是什麼。」

她抓起盥洗包，整個翻過來。好幾瓶藥丸滾了出來，還有兩、三個用保鮮膜包起來的小包裹。不是挖到寶的數量。她大吼起來：「這是什麼鬼玩意兒！」

我差點沒聽到她講話。我打開了電腦旁邊的資料夾，只是因為東西就擺在那，然後我震驚了。一開始我彷彿不曉得自己在看什麼，但我當然很清楚。我也明白馬斯頓為什麼不希望我們進來，以及為什麼他連死後都會覺得不好意思，跟藥物完全沒有關係。我在想，這個女人嘴裡咬著的是不是同一顆口球。如果是的話，那還真是惡有惡報。

「麗茲。」我說。我的嘴巴感覺麻麻的，好像是看牙醫時打麻藥一樣。

「就這些？」她還在怒吼。「你他媽別告訴我就這些！」她扭開藥瓶，將裡頭的東西倒出來，大概有二十幾顆藥丸。「這根本不是奧施康定，這是他媽的普帕西芬！」

她剛剛就放開了我，此時我就該跑了，但我沒想到要跑，也沒想到要吹口哨召喚塔利歐出來。「麗茲。」我又喊起她的名字。

她完全沒理我。她打開一個又一個藥瓶，各種不同的藥丸，但數量不是非常多。她看著幾顆藍色的藥丸，說：「另一種羥二氫可待因酮止痛藥Roxicodone，很好，但差不多就十顆！問他其他的在哪？」

「麗茲，妳看這個。」這是我的聲音，但似乎來自遠方。

「我說，問他……」她轉身，打住動作，望向我正在看的東西。

那是一張亮面的照片，底下還有其他照片。畫面上有三個人，兩男一女，其中一個男人是馬斯頓，他連四角褲也沒穿，另一個男人也一絲不掛。他們對嘴裡咬著口球的女人做了一些事。我不想說，但馬斯頓手裡拿著可以點火的噴槍，另一人則拿著插肉的肉叉。

「該死。」她低聲地說。「噢，見鬼。」她又翻看下去，畫面令人難以啟齒，她闔上資料夾。「是她。」

「誰？」

「瑪德琳，他老婆。我想她根本沒跑走。」

馬斯頓還站在書房外頭，但背對我們。他的後腦是一片廢墟，就跟塔利歐的左側的頭部一樣，但我幾乎沒有注意到。天底下有比槍傷更可怕的東西，這是我那天傍晚學到的。

「他們將她凌虐致死。」我說。

「對，看他們下手時多開心，看看那燦爛的笑容。你還會難過我殺了他？」

「妳又不是因為他對他妻子做的一切而殺他。」我說。「妳那時根本不知道。妳是為了毒品殺害他。」

她聳聳肩，彷彿那不重要，對她來說大概真的不重要。她從避難室望出去，他剛剛轉頭過來看這些可怕的照片，現在又跨過書房，回到二樓的走廊。「他還在嗎？」

「在門口。」

「他一開始說他什麼貨都沒有，但我知道他在撒謊。然後他說他有很多，很多！」

「說不定他只是在騙人，他可以騙人啊，那時他還沒死。」

「但他告訴你藥丸在避難室裡！他那時已經死了！」

「他沒說多少。」我問馬斯頓：「你就只有這些嗎？」

「就這些。」他說。他的聲音已經開始飄忽了。

「你跟她說你有很多！」

血淋淋的肩膀聳了聳。「我以為只要我讓她相信我手上有她要的東西，她就不會殺我。」

「但她聽說你有一大批私下的貨……」

「都是狗屁。」他說。「這行業有很多狗屁，想出風頭，就什麼屁話都說得出口。」

我把他的話告訴麗茲，她搖搖頭，不肯相信，不想相信，因為如果她信，那就意味著她的西岸計畫泡湯了。也代表她被耍了。

「他有藏貨。」她堅持。「不管怎麼樣，他就是藏在某個地方。再問他其他的藥在哪。」

我開口正要說，如果還有，他早就招了。不過（大概是那些恐怖的照片稍微把我打醒了一點），我忽然有了一個想法。也許我可以自己耍耍她，畢竟她已經準備好要上鉤了。如果成功，我也許能夠在不召喚惡靈的狀況下全身而退。

她拉著我的雙肩，用力搖晃我。「我說快問他！」

我問：「馬斯頓先生，剩下的毒品在哪裡？」

「我跟你說過了，就只有這些。」他的聲音變得好弱好弱。「我留了一點給瑪莉亞，但她在巴哈馬的比米尼。」

「噢，好，這樣才像話。」我指著儲放罐頭的架子。「看到最上層的義大利麵罐頭了嗎？」她怎麼可能看不到？那裡至少有三十個罐頭。唐尼大佬肯定真的很愛他的義大利麵罐頭。「他說他藏了一點在裡面，不是奧施康定，別的東西。」

她可以拖著我過去，但我覺得她應該會急著想去找，我料得沒錯，她朝罐頭架子跑去。我等到她踮起腳來伸手的時候，才跑出避難室，穿過書房。真希望我記得把門關上，但我忘了。馬斯頓就站在門口，他看起來是實心的，但我穿過了他的軀體。我感覺到一陣錐心的涼意，嘴裡忽然有了油膩的味道，應該是義大利辣味香腸。我朝室內梯跑去。

我身後的罐頭倒落一地。「傑米，回來！給我回來！」

她追了上來，我聽見了。我一路跑到階梯開始往下迴旋的地方，轉頭看了一眼。真是大錯特錯，我絆倒了。我別無選擇，只能噘起嘴吹口哨，但我無法集中足夠的空氣，吹出聲音，我的嘴巴跟嘴唇都乾得不行。於是我尖叫起來。

「塔利歐！」

我開始低頭沿著階梯爬下去，頭髮遮住眼睛，但她拉著我的腳踝。

「塔利歐！救我！把她弄走！」

忽然間一切都充滿了白光，不只是露台，不只是階梯，而是偌大的空間與談話池，每一處都充滿白光。事情發生時，我正好轉頭看麗茲，我對著強光瞇起眼睛，卻什麼也看不清。光來自大片的鏡子，露台另一側的另一面鏡子也噴灑起白光。

麗茲鬆開了手。我抓著石板階梯，死也不放手。我繼續用腹部下滑，就跟在玩世界上最蠢的平板雪橇一樣。我差不多滑到室內梯四分之一的位置，此時我身後的麗茲尖叫起來。我從手臂跟身體一側望回去，從我的位置看她是上下顛倒的。她站在鏡子前面。我不曉得她看到了什麼，這樣很好，因為我希望以後我還睡得著。那道光就夠了，燦爛沒有顏色的光，從鏡子裡照射出來，彷彿太陽閃燄。

死光。

然後我看見（我覺得我看見）一隻手從鏡子裡伸出來，握住麗茲的脖子。這隻手用力把她拉向鏡子，我聽到鏡子裂開的聲音。她繼續尖叫。

所有的光線忽然消失。

現在處於黃昏的尾巴，所以屋裡不是全黑，但也差不多了。我下方的空間是一團黑影。我身後的環形階梯上層，麗茲尖叫個不停。我扶著光滑的玻璃圍欄站起身來，想要在不跌倒的狀況下，慢慢走到樓下去。

我身後的麗茲不再尖叫，她開始大笑。我轉頭看她衝刺下樓，只是一個黑色的身影，笑得跟蝙蝠俠卡通裡的小丑一樣。她跑太快，沒仔細看路。她左右跌撞前進，撞擊扶手，她還轉頭看那面鏡子，光芒現在已經變弱了，就跟伸手關掉的老式燈泡燈絲一樣。

「麗茲，小心！」

雖然我此刻只想離她遠一點，但我還是高喊。這聲警告出自本能，也沒有幫助。她失去平衡，往前跌倒，撞在階梯上，翻滾，然後又撞上階梯，翻起筋斗，然後一路滑到樓下去。首次撞擊時，她還在笑，但第二次就停下了。她彷彿是被人關掉的收音機。她面朝下倒在階梯最底下一層，她扭著頭，鼻子歪了，一隻手臂卡在脖子後面，雙眼凝視著黑暗。

「麗茲？」

沒反應。

「麗茲，妳還好嗎？」什麼蠢問題，我幹嘛在乎？我知道這個問題的答案，我希望她活著，因為我身後有別的東西。我沒聽到，但我知道那裡有東西。

我跪在她身旁，把手湊到她滿是鮮血的嘴旁。我的手沒有感覺到呼吸。她沒有眨眼，她死了。我起來轉身，看到意料中的畫面——麗茲站在那裡，穿著她那件沒拉鍊的粗呢外套，以及染血的運動衫。她沒有看著我，她看著我身後。她伸手指著，在那恐怖的時刻提醒著我，彷彿是《小氣財神》裡未來聖誕鬼靈指著史古基的墓碑一樣。

肯尼斯．塔利歐（至少是僅存的他）正從階梯上下來。

63

他彷彿是內部還在燃燒的焦黑木柴，我不曉得還能怎麼形容他。他渾身黑，但皮膚幾處裂開，燦爛的死光就從這些地方照射出來。光從他的鼻孔、他的眼睛，甚至耳朵裡照出來。他開口時也有光。

他笑著舉起雙手。「咱們再來試一次那個儀式，看這次誰會贏。我覺得這是你欠我的，畢竟我幫你解決了她。」

他迅速下樓，朝我走來，準備好要來場大團圓戲碼。本能要我轉頭就跑，但更深層的聲音要我無論多想逃離這即將到來的恐怖玩意兒，都要站穩陣腳。如果我跑，「它」

會從後面抓住我，焦黑的手臂會環抱住我，那我就完蛋了。「它」會贏，我會成為「它」的奴隸，「它」一叫，我就要出現。「它」會霸占我這個活人，就跟「它」霸占塔利歐這個死人一樣，我的狀況只會更糟。

「停。」我說，而塔利歐焦黑的外殼停在一樓的階梯上，伸出來的雙手距離我不到三十公分。

「走開，我跟你之間永遠結束了。」

「我們還沒玩完，永遠不會完。」然後「它」又說了兩個字，讓我的皮膚爬滿雞皮疙瘩，後頸寒毛直豎。「冠軍。」

「等著看。」我說。嘴巴上逞勇，但我的聲音忍不住顫抖。

黑色的雙手依舊伸得長長的，散發光芒的裂口跟我的脖子不過距離幾公分而已。「如果你想永遠擺脫我，你就握住我的手。我們再來一次那個儀式，這樣比較公平，因為這次我已經準備好了。」

我非常感興趣，怪了，別問我為什麼，但我內在遠比自我更深層的本能戰勝了局面。你也許能贏過惡魔一次（可能是天意、勇敢、走好狗運，或以上幾者的總和），但第二次就不好說了。我覺得就算是聖人也沒辦法戰勝惡魔兩次，也許聖人也辦不到。

「滾。」換我比出《小氣財神》裡最後一個鬼魂的動作，指向大門。

那東西噘起塔利歐焦黑如炭渣的嘴唇。「傑米，你趕不走我。你到現在還不明白嗎？我們已經糾纏在一起了。你當初沒想過後果，但我們已經甩不開彼此了。」

我重複剛剛的話。我只擠得出這單單一個字，我的喉嚨忽然間彷彿只剩別針那麼粗。

塔利歐的身軀似乎拉近了我們之間的距離，打算跳上來，給我一個致命的擁抱，但「它」沒有。也許「它」辦不到。

「它」經過的時候，麗茲退了開來。我以為「它」會穿過門（就跟我穿過馬斯頓）一樣，但無論那到底是什麼東西，「它」都不是鬼。「它」伸手拉住門把、轉動，皮膚繼續裂開，更多光線射出來。門開了。

「它」轉頭，對我說：「噢，我的朋友，你一吹口哨，我就來見你。」

然後「它」就離開了。

我的腿很軟，階梯距離我很近，但我才不會跟麗茲．道頓殘破癱倒的屍體待在一起。我跌跌撞撞走向談話池，癱坐在旁邊的一張椅子上。我低頭啜泣起來，這是恐懼與歇斯底里的淚水，但我覺得這也是歡喜的淚水（我實在不記得我為什麼會記得這點）。我還活著。我在私人道路盡頭的黑暗房屋之中，此處有兩具屍體與兩個還沒消失的死人（馬斯頓從露台低頭看著我），但我還活著。

「三個。」我說。「三具屍體與三個還沒消失的死人，別忘了泰迪。」

我開始大笑，但我隨即想到麗茲也是這樣笑，然後就死了，我連忙打住，思考起下一步。我決定首先要關上那該死的大門。兩隻亡靈看著我實在不太舒服（你猜對了，亡靈這個詞是我後來學會的），但我已經習慣死人看我盯著他們看了。我不喜歡的是塔利歐在外頭遊蕩，那個死光還透過他腐爛的皮膚透照出來。我叫他滾，他的確滾了……但要是他回來怎麼辦？

我經過麗茲身邊，關上門。我回來時，問她該怎麼辦。我不期待她回答，但她說：

「聯絡你媽。」

我想到避難室裡的室內電話，但我才不會再爬上樓回去那裡，給我一百萬都不要。

「麗茲，妳有手機嗎？」

「有。」聽起來興趣缺缺，他們大多這樣，不過不是全部死人都這樣，博奇特太太就還有足夠的「生氣」評斷我的火雞美學。唐尼大佬也記得要躲著他的虐殺性愛照。

「在哪？」

「外套口袋裡。」

我走去她的屍體旁，伸手進她粗呢外套的右邊口袋。我摸到她用來終結唐納・馬斯頓的性命的手槍槍托，連忙把手抽回去，彷彿是摸到什麼滾燙物體。我摸另一邊，掏出手機。將其打開。

「密碼多少？」

「二六六五。」

我輸入密碼，按下紐約市區域碼，以及我媽電話的前三碼，但我隨即改變心意，撥了另一通電話。

「報案專線，請問有什麼緊急狀況？」

「我在一間房子裡，這邊有兩具屍體。」我說。「一個人謀殺了另一個人，然後從樓梯上摔下來。」

「孩子，你是在開玩笑嗎？」

「我希望我是在開玩笑，從樓梯上摔下來的女人綁架了我，帶我來這裡。」

「你在哪裡？」現在電話另一端的女人聽起來非常專注。

「女士，我在雷菲爾郊區的一條私人道路上，我不曉得距離市中心多遠，也不知道詳細地址。」然後我想我該加上一句：「這是唐納·馬斯頓的房子。女人謀殺了他，這個女人之後從樓梯上摔下來，她是麗茲·道頓，伊麗莎白·道頓。」

她問我是否沒事，然後要我靜候，警察馬上就到。我靜候，打電話給我媽。這場對話比較花時間，但講不太清楚，因為我們都急著開口。除了死光之外，我統統告訴她了。她會相信我，但我們之中有一個人會作惡夢就已經夠了。我只有說麗茲在追我的時候跌倒，從樓梯上摔下來，脖子斷了。

我們講電話時，唐納·馬斯頓下了樓，站在牆邊。一個死人的腦袋上半部沒了，另一個死人的頭扭成詭異的角度，這兩個真是天生一對。我說過這是一則恐怖故事，我已經警告過你了，但我還是能夠看著他們，沒有覺得不舒服，因為最恐怖的已經過去了。當然啦，除非我要「它」回來，如果我要，「它」會回來的。

我要做的就是吹聲口哨。

經過了漫長的十五分鐘，我開始聽到遠處的警笛聲，二十五分鐘後，紅色與藍色的燈光照亮窗戶。至少有六名警察，一般的編制。一開始，他們只是從門口進來的黑色身影，遮住了最後一絲日光，如果還有什麼亮光的話啦。他們之中有人問起該死的電燈開關在哪裡，另一個人說：「有了。」結果燈沒亮，又是咒罵聲。

「誰在這裡？」有人喊起。「有人就表明身分！」

我站起身，高舉雙手，但我懷疑他們只能看到一個黑色的人影在動。「我在這！我舉著手！燈壞了！是我報的警！」

手電筒照了過來，光束到處閃動，然後投在我身上。一位警察走了過來，一位女警。她繞過麗茲，顯然不曉得自己為什麼要繞開。一開始，她的手放在腰際的槍套上，但她看到我之後，就放開了手。真是讓人鬆了口氣。

她蹲了下來。「孩子，屋裡只有你一個人嗎？」

我看著麗茲，又望向馬斯頓，他距離殺害他的女人遠遠的。就連泰迪也來了。他站在門口警察避開的位置，也許是受到騷動的吸引，也許只是一時興起。三個不死的臭皮匠。

「對。」我說。「這裡只有我一個人。」

65

女警一手搭著我的肩膀，帶我去外頭。我開始顫抖，她大概以為是因為夜晚的冷空氣，但當然不是。她脫下外套，披在我肩上，但這樣不夠。我把手伸進太長的袖子裡，緊緊抱著外套。口袋裡有很多警察的物品，但沒關係。沉甸甸的感覺很好。

庭院裡停了三輛警車，麗茲的小車左右兩旁各一輛，後方還有一輛。我們站在旁邊的時候，另一輛車子開了過來，這是一台運動型多功能休旅車，車身上有「雷菲爾警察局局長」字樣。我猜市區的醉漢跟超速駕駛大概很樂，因為多數的警力都在這裡。

另一位警察下了車，加入女警的行列。「孩子，裡頭出了什麼事？」

在我能回答之前，女警用手指抵在我的嘴唇上。我不介意，感覺其實滿不錯的。

「杜懷，別問問題。這個孩子受到驚嚇，他需要醫療照顧。」

身穿白色襯衫的壯漢繞過休旅車過來，他脖子上掛著警徽，我猜他是局長，他聽到女警最後的話語。「卡洛琳，妳帶他過去，讓他檢查一下。裡面有死者嗎？」

「一樓室內梯旁邊有一具屍體，看起來是名女性。我無法確定她是否斷氣，但從她扭曲的狀態看來……」

「噢，她死透了。」我告訴他們，然後開始哭。

「卡洛琳，出發吧。」局長說。「別繞路去郡立醫院，帶他去緊急醫療診所。我沒到之前先不要問話，同時我們要等到他的監護人抵達才能問話。他叫什麼名字？」

「還沒問。」卡洛琳警官說。「真是瘋狂，裡頭連燈都沒有。」

局長彎下腰，雙手搭著大腿，讓我覺得自己又回到了五歲。「孩子，怎麼稱呼？」

我心想：還說先不要問話。「傑米．康克林，我媽正要趕來。她是緹雅．康克林。我已經聯絡她了。」

「嗯哼。」他轉頭面向杜懷。「為什麼沒有燈？一路上來的房子都有電。」

「老大，不知道。」

我說：「她追我下樓時燈就黑了，我想她就是因為這樣才摔倒的。」

我看得出來他想繼續提問，但他剛剛才叫卡洛琳警官出發。隨著她把車子駛出庭院，開始沿著彎道車道開下山丘，我摸到褲子口袋裡的麗茲手機，但我不記得我把東西放在這裡。「我可以打電話給我媽，跟她說我們要去緊急醫療診所嗎？」

「當然可以。」

我打電話的時候，驚覺如果卡洛琳警官知道我用的是麗茲的手機，我可能會有麻煩。她也許會問我怎麼會有死人的解鎖密碼，我沒辦法提供好答案。不管怎麼樣，她都沒有問。

媽說她會搭Uber過來（大概會花一大筆錢，所幸版權公司有賺錢），比較省時間。她問起我是否沒事，我說我沒事，還說卡洛琳警官會帶我去雷菲爾的緊急醫療診所，只是要檢查一下。她要我在她抵達前，不要回答任何問題，我答應她。

「我會跟蒙提．葛里遜聯絡。」她說。「他不接這種法律案件，但他會認識其他律師。」

「媽，我不需要律師。」我講這話時，卡洛琳警官瞥了我一眼。「我什麼也沒做。」

「如果麗茲殺了人，而你在場，你就需要律師。警察會問話……媒體……不曉得還有什麼。都是我的錯，是我把那個賤人帶進我們家。」然後她咬牙切齒地說：「媽的麗茲！」

「她一開始還不錯。」此話屬實，但忽然間，我覺得好累，非常累。「晚點見。」

我掛斷電話，問卡洛琳警官還要多久才會到診所，她說大概二十分鐘。我向後望，透視隔離警車後座的網格柵欄，忽然間覺得麗茲會坐在後頭。或是，更糟糕的狀況，塔利歐會出現，但後座空空如也。

「傑米，這裡只有我跟你。」卡洛琳警官說。「別擔心。」

「我不擔心。」我說，但我還有一件事需要擔心，所幸我還記得，不然我跟我媽都會惹上大麻煩。我靠在窗上，稍微背離她。「我想休息一下。」

「你儘管休息。」她的語氣裡帶著笑意。

我的確稍作休息，但我先打開麗茲的手機，用身體遮住，然後刪掉我轉述《雷亞納克的秘密》故事情節給我媽聽的錄音。如果他們將手機拿走，發現這不是我的手機，那我就編點理由。或說我不記得了，這樣比較安全。不過他們不能聽到那段錄音。說什麼都不行。

66

我跟卡洛琳警官抵達緊急診所之後差不多一個小時，局長與另外兩名警察也到了，一起來的還有另一個自稱為郡檢察官的西裝男。醫生替我進行檢查，說我基本上沒事，血壓有點高，但考慮到我經歷的一切，結果並不意外。他認為我明早之前就會恢復，還說我「基本上是個健康的青少年」。我這個基本上的健康青少年碰巧看得見死人，但我沒深入介紹。

我、幾位警察跟檢察官前往工作人員休息室等我媽，她一抵達，問話就開始了。那天晚上，我們在雷菲爾星塵汽車旅館過夜，隔天一早面對了更多問題。我媽告訴他們，她跟伊麗莎白・道頓交往過，但在她發現麗茲運毒後，兩人就分手了。我負責解釋那天網球練習後，麗茲跑來找我，帶我去雷菲爾，她打算在馬斯頓先生家洗劫他的大批奧施康定。他終於說出藥物藏在哪裡，而麗茲殺害了他，要嘛是因為她沒有找到期待中的龐大數量，要嘛是因為她在那個空間裡找到的其他東西，也就是那些相片。

我一直穿著卡洛琳警官的外套，我把外套還給她時，她說：「有件事我不明白。」

媽用警惕的目光看著她，也就是準備好要保護自己幼崽的表情，但卡洛琳警官沒注意到。她看著我。「她把那個人綁起……」

「她說她銬住了他，她用的是這個字眼，我猜是因為她當過警察。」

「好，她銬住這個人。根據她的說法，也根據我們在樓上觀察到的狀況，她給他一點苦頭吃，但沒有到很誇張的境界。」

「可以講重點嗎？」媽說。「我的兒子經歷過很恐怖的事情，他很累了。」

卡洛琳警官沒搭理她。女警望著我，雙眼非常明亮。「她可以下手狠一點，直接嚴刑拷問出她要的答案，結果她卻半途離開，大老遠跑去紐約市綁架你，帶你過來。她為什麼要這麼做？」

「我不知道。」

「兩個小時車程裡，她什麼也沒說？」

「她只說她很高興見到我。」我其實不記得她到底有沒有這麼說，我猜這基本上是撒謊，但我不覺得自己在騙人。我想起過往夜晚，坐在沙發上，一邊是媽媽，一邊是麗茲，我們一起看《宅男行不行》，笑到東倒西歪，這時我開始哭。我們因此得以抽身。

我們一回到汽車旅館，房門鎖上後，媽就說：「如果他們再問，你就說也許麗茲打算帶你去西岸，你辦得到嗎？」

「可以。」我說。我懷疑也許麗茲當時的確有想過這種安排，想這種事不太舒服，但總好過我先前（至今也是這麼想）考慮的——也許她準備殺我滅口。

我沒有睡在隔壁房間，我睡在我媽房間的沙發上。我夢到我走在寂寥的鄉村路上，天邊掛著鐮刀般的眉月。我告訴自己：別吹口哨，別吹口哨，但我吹了，我無法阻止自己。我吹起披頭四的〈讓它去〉（Let It Be）。我記得非常清楚，我才吹到第六還是第八個音符，就聽到身後傳來的腳步聲。

我驚醒，雙手壓在嘴上，彷彿是要壓抑尖叫。接下來幾年，我這樣驚醒好多次，但我怕的並不是吶喊尖叫。我怕的是我醒來時吹出聲響，而那道死光就在眼前。

攤開雙臂，準備抱住我。

67

身為小孩有很多缺點，聽我一一細數——粉刺，上學的衣著選擇，免得被笑，還有女生這種神秘存在，這只是其中三項而已。我發現在我從唐納．馬斯頓住所之旅回來後（說不好聽就是我被綁架之後），我發現身為小孩也是有好處的。

其中之一就是不用在審理時遭到記者與電視攝影機的疲勞轟炸，因為我不用親自作證。我只要拍影片作證即可，律師蒙提．葛里遜跟我媽一左一右坐在我身邊。媒體曉得我的身分，但我的名字沒有出現在新聞上，因為我擁有神奇的身分——未成年人。學校的同學發現了（什麼都逃不過學校同學的法眼），但沒人找我麻煩，我反而得到他們的尊敬。我不用想該怎麼跟女生攀談，因為她們會自己出現在我的置物櫃旁，跟我交談。

最棒的是，我的手機完全沒有惹出麻煩，應該說麗茲的手機。反正它最後消失了，媽把手機扔到焚化爐裡，一路順風啦，還說若有人問起，就說我手機掉了，根本沒人問。至於麗茲為什麼要跑來紐約帶我走，警方得出的結論跟媽媽暗示的說法不謀而合，那就是，麗茲希望西行時帶著一個孩子，也許是覺得帶著孩子的女人行動比較不會引人注意吧。似乎沒有人考慮我為什麼不試著逃走，或至少在賓州、印第安納州、蒙大拿州加油或吃東西時求救。我當然不會這麼做啦，我只是一個聽話的肉票，就跟慘遭綁架九個月的伊莉莎白．史馬特（Elizabeth Smart）一樣，因為我只是小孩子。

報紙轟動報導了一個禮拜，特別是小報，一部分是因為馬斯頓是大毒梟，但主要是因為他避難室裡的照片。麗茲成了某種英雄，很怪但這是真的。《每日新聞》寫道：前任警察在殺害虐妻致死的大佬後身亡，完全沒有提到她因為內務部調查而失去工作，也沒有提到陽性的毒物尿檢，只報導了在桑普最後的炸彈炸死大群消費者前，她協助定位出炸彈的安放地點。《紐約郵報》有位記者溜進馬斯頓的住所（媽媽說：蟑螂哪裡都爬得進去。），也許他們有雷菲爾房子的檔案照，因為他們的標題是潛入唐尼大佬之恐怖之屋。我媽看著標題笑了出來，說《紐約郵報》對於文字的使用反映出他們對美國政治的看法。

我問起時，她解釋說：「標題裡重複的字太多了，絮絮叨叨，喋喋不休。」

好啦，媽，隨便啦。

68

沒多久，其他新聞就從頭版將「唐尼大佬之恐怖之屋」給擠掉了，我在學校的名聲也逐漸消退。就跟麗茲說的切特·阿金斯一樣，人類遺忘的速度很快。我發現自己又面臨了不知道該怎麼跟女生交談的問題，她們不再刷著睫毛膏、噘起塗上唇蜜的嘴唇跑來我的置物櫃旁。我打網球，爭取參加社團內部的比賽，結果只參與到兩列動態練習，但我也打得很認真。我跟朋友一起打電動，我帶瑪麗．露．史坦去看電影，還吻了她。她也吻我，真是太棒了。

蒙太奇畫面開始，加上翻起的日曆。二〇一六年過去，然後是二〇一七年。有時我會夢到自己走在鄉村道路上，醒來時雙手摀著嘴巴，心想：我吹口哨了嗎？噢，天啊，我吹口哨了嗎？不過這種夢愈來愈少出現。有時我會看到死人，但也不頻繁，而且他們也不恐怖。有次我媽問我是不是還看得到死人，我說很少了，曉得這個答案會讓她好過一點。我也希望如此，因為她有段時間很過意不去，我明白。

「也許長大就看不見了。」她說。

「說不定喔。」我附和道。

時間快轉到二〇一八年，咱們的主角傑米．康克林身高已經超過一百八十公分，能夠留山羊鬍了（我媽超看不順眼的），錄取了普林斯頓大學，差不多可以投票了。十一月大選時，我就可以投票了。

我在房裡，讀書準備期末考，此時我的手機震動了起來。是媽媽打來的，她從另一輛Uber上打的電話，這次她要去紐澤西的特納夫萊，哈利舅舅目前待在那裡。

「肺炎又發作了。」她說。「傑米，我覺得他這次不會好了。他們要我去一趟，除非狀況危急，不然他們不會這麼說。」她停頓了一下，又說：「快不行了。」

「我盡快趕過去。」

「你不用來。」言下之意是反正我跟他也不熟，至少沒見識過他聰明伶俐的模樣，還在競爭激烈的紐約出版業替自己與妹妹闖出一番事業。這個產業的確很競爭。我現在一個禮拜也會去經紀公司工作幾天，主要是處理檔案，我曉得這個產業真的很辛苦。我對這位應該繼續聰明伶俐的男人的確只有模糊的印象，但我不是為了他而跑這一趟。

「我搭公車過去。」我認得路，因為在我們搭不起Uber跟Lyft的日子裡，我們都搭公車去紐澤西。

「你的考試……你還要讀書準備……」

「書本是可以攜帶的魔法，我不曉得在哪讀到的。我帶書出門。晚點見。」

「我們可能要在那邊過夜。」她說。「你確定嗎？」

我說我確定。

哈利舅舅斷氣時，我不確定我在哪兒，也許已經在紐澤西，也許還在橫跨哈德遜河，也許我還能從滿是鳥屎的公車車窗看到洋基球場。我只知道媽媽在安養之家外頭等我（他最後一間安養之家），她坐在樹蔭的長椅上。她沒有哭，但她在抽菸，我已經很久沒有看過她抽菸。她用力擁抱我，我也擁抱她。我聞得到她的香水味，熟悉的蘭蔻「美好人生」香甜氣味，這味道總能帶我回到小時候，回到那個小男孩覺得他的綠色手指火雞只是貓咪屁股的時候。都不用我開口。

「我到不過十分鐘他就走了。」她說。

「妳還好嗎？」

「好，哀傷，但也鬆了口氣，終於結束了。他撐得比其他多數有同樣毛病的人還久。你知道，我坐在那裡，想著簡易棒球，你知道那怎麼玩嗎？」

「應該知道。」

「其他人因為我是女生，不肯讓我加入，但哈利說如果他們不讓我玩，他也要退出。而他是人氣王，總是最受大家歡迎。所以跟他們說的一樣，我是遊戲裡唯一的女生。」

「妳厲害嗎？」

「我超棒的。」她說著說著就大笑起來，然後她揉起眼睛，還是哭了。「聽著，我要跟這裡的主管艾克曼太太談談，簽些文件。然後我要去他房間，看看有沒有需要帶走的東西，我是不覺得有啦。」

一陣警覺浮上心頭。「他不會還在……」

「不，親愛的，他們有配合的葬儀社。我明天會安排送他回紐約，然後處理……你知道，身後事。」她停頓了一下，又說：「傑米？」

我看著她。

「你該不會……不會看見他了，是吧？」

我笑了笑。「沒有啦，老媽。」

她握著我的下巴。「我跟你說過多少次，不要這樣叫我，誰會叫『老媽』啦？」

「小牛吧，哞。」我說，然後又「嗯哼、嗯哼」了起來。

她因此大笑。「親愛的，在這等我，不會太久。」

她走進室內，我看著哈利舅舅，他就站在差不多三公尺外的地方。他全程都在那裡，穿著斷氣時的睡衣。

「嘿，哈利舅舅。」我說。

沒反應，但他看著我。

「你還有阿茲海默嗎？」

「沒。」

「所以你沒事了？」

他用淺淺的幽默目光看著我。「我猜是吧，如果死掉算是你所謂的『沒事』的話。」

「哈利舅舅，她會很想你的。」

沒反應，我不期待他會有反應，畢竟這不是問題。我倒是有一個問題，他也許不知道答案，但有句老話是這麼說的，不問就永遠不知道答案。

「你知道我爸爸是誰嗎？」

「知道。」

「誰？到底是誰？」

「是我。」哈利舅舅說。

69

快結束了（我還記得我以為三十頁已經很多了！），但還沒，別放棄，看完這邊再說。

我的祖父母（原來是我唯一的祖父母）在前往聖誕派對的路上過世，一位車上充滿太多聖誕歡樂氣息的老兄在四線道公路上打滑，跨了三個車道，迎面撞上他們。肇事醉漢活了下來，通常都是這樣。我的舅舅（原來也是我爸爸）得知消息時正在紐約，出席多場聖誕派對，結識出版社老闆、編輯跟作家。那時版權公司才剛起步，哈利舅舅（親愛的爸爸）彷彿是在森林深處想將樹枝小火堆燒成大營火的人。

他趕回阿科拉參加葬禮，這是伊利諾州的一個小鎮。之後在康克林府上有簡單的招待哀悼會，萊斯特跟諾瑪很受歡迎，來了很多人。有人帶了食物，有人帶了酒水，數量之多，足以令人醉到生出很多意料之外的小寶寶。緹雅・康克林當時大學才剛畢業，第一份工作是在會計師事務所，她喝了不少。她哥也是，所以，不妙，對吧？

大家都離開後，哈利在她房裡找到了她，穿著輕薄睡衣躺在床上，哭得撕心裂肺。哈利躺在她身邊，抱著她。你知道，只是要安慰她，但這種安慰引發出另一種安慰。就這麼一次，但一次就夠了，六個禮拜後，回到紐約的哈利接到了一通電話。沒多久，我懷孕的母親就加入了版權公司。

要是沒有她，康克林文學經紀公司能在競爭那麼激烈的產業裡大放異彩嗎？還是我爸爸／舅舅的樹枝小火花會在他能夠扔進大塊木材前熄滅，只剩冉冉升起的白煙？難說。事業起飛時，我躺在嬰兒床上，在尿布裡尿尿便便。不過就我所知，她表現得很好。如果她表現不好，後來在金融市場大海嘯時，版權公司就會沉沒了。

我就直說了，坊間有很多關於亂倫孩童的狗屁迷思，特別是父女、手足間的亂倫。對，這些孩子的確可能會有生理、心理問題，對，機率是稍微高了點，但這些孩子大多都會腦袋不靈光、少一隻眼睛、馬蹄內翻足？純粹放屁。我發現亂倫關係產下的孩子最常見的問題就是手指或腳趾相連在一起。我的左手食指與中指內側有疤，這是我還是嬰兒時，將手指分開的手術留下的。我第一次問起時（我大概才四、五歲），媽媽說，醫生替我進行手術後，她才能帶我回家。她說：「簡簡單單的小手術。」

當然，我還有其他天賦，曾幾何時，我的父母因為哀傷與酒精的作用，發展出比兄妹之間更親密的關係，也許就是因為這樣。

或者，也許看見死人這件事跟那一點關係也沒有。音癡父母能夠生出歌唱天才，文盲父母能夠生出偉大的作家。有時天賦就是憑空出現，或看起來如此。

只不過，等等，等一下。

那個故事純屬虛構。

我不曉得緹雅跟哈利怎麼成為活潑男孩詹姆士．李．康克林的父母，因為我沒有繼續追問哈利舅舅任何細節。我問他會從實招來（我想我們已經很確定，死人不能說謊），但我不想知道。在他說了那兩個字「是我」之後，我轉身走進安養之家，去找我媽。他沒跟上來，我再也沒有見過他。我以為他也許會出席自己的葬禮，或參加下葬儀式，但他沒有。

回紐約路上（跟昔日一樣搭公車），媽問我怎麼了。我說沒事，只是要習慣哈利舅舅真的不在了。「感覺像我掉乳牙的時候。」我說。「心裡有一個洞，一直感覺得到。」

「我懂。」她抱著我。「我也有這種感覺，但我不悲傷。我不期望我會悲傷，真的不會。因為他老早就不在了。」

有人抱感覺很好。我愛我媽，我還是很愛她，但我那天對她撒了謊，不只是隱瞞而已。那不是掉牙齒，我的發現反而感覺像冒出另一顆牙齒，一顆我嘴裡已經沒有空間得以容納的牙齒。

我告訴你的故事似乎有些佐證，康克林夫妻，萊斯特與諾瑪，的確是在前往聖誕派對的路上遭到酒駕駕駛撞死。哈利的確回伊利諾州參加葬禮，阿科拉《記事先鋒報》說他還致了悼詞。緹雅・康克林的確在隔年就辭去先前的工作，來紐約她哥新開的版權公司幫忙。而詹姆士・李・康克林的確在葬禮後九個月的倫諾克斯山醫院閃亮登場。

所以，嗯哼、嗯哼，好棒棒，一切可能如我上述所說，解釋起來合情合理。不過，同時也有其他的可能，我比較不喜歡的可能。好比說，年輕的女性醉到不省人事，而她爛醉也好色的哥哥性侵了她。我不問的原因非常簡單，因為我不想知道。我難道不好奇他們有沒有討論過墮胎這個選項？偶爾會好奇。我難道不擔心遺傳到我爸爸／舅舅笑起來的酒窩，還是我在年紀輕輕的二十二歲就在一頭黑髮裡找到第一撮白髮？直說吧，我難道不擔心我在年紀輕輕的三十歲、三十五歲或四十歲就開始失智？當然，我當然擔心。根據網路上查到的資訊，我的爸爸／舅舅罹患的是早發性遺傳型阿茲海默症，這種毛病就蟄伏在PSEN1跟PSEN2基因裡，現在有技術可以檢測了，在試管裡吐口水，靜待結果即可。我猜我會去做吧？

再說吧。

好笑的來了，回頭看這些頁面，我發現我愈寫愈好。不是說我能跟福克納還是厄普代克相提並論啦，我只是說實際書寫讓我進步了，我猜生命裡的大部分事情都是這樣。我只是希望當我再次面對霸占塔利歐的那個東西時，我在各個層面都變得更好、更強壯了。因為我們肯定會再見的。自從那晚在馬斯頓住所後，我就沒有見過「它」了，不曉得麗茲在鏡子裡看到了什麼逼瘋她的景象，但「它」還在耐心等待。我感覺得到，我知道，但我還是不清楚「它」是什麼。

那不重要。我不會一直想著我到底會不會中年失智，也不會活在「它」所帶來的陰影之下。「它」已經奪走我生命裡太多歲月的色彩。相較於死光從皮膚裂縫照出來的黑色外殼塔利歐，出生於亂倫的身分似乎可笑到無足輕重了。

自從那玩意兒要求再來一次較勁，再來一次驅魔儀式後，這麼多年來我讀了很多書，我讀到許多奇怪的迷信與詭異的傳說，永遠不會寫進雷吉．湯瑪斯雷亞納克系列或《德古拉》裡的知識。的確有很多惡靈附身活人的事件，但我還沒研究到可以霸占死人的生物。最接近的故事是邪惡的鬼魂，但本質並不一樣，所以我不清楚我的對手到底是什麼東西。我只知道我必須面對「它」，我會吹起口哨，「它」會出現，我們的儀式不會咬著彼此的舌頭，但我們會互相擁抱。然後就再看再聯絡了，是吧？

對，再說，再看看，再聯絡。

或許晚一點吧。

國家圖書館出版品預行編目資料

後來 / 史蒂芬・金 (Stephen King) 著；楊沐希譯．
-- 初版．-- 臺北市：皇冠，2022.10 面；公分．--（皇
冠叢書；第 5054 種；史蒂芬金選；48）
譯自：Later
ISBN 978-957-33-3952-6（平裝）

874.57　　　　111016507

皇冠叢書第 5054 種
史蒂芬金選 48

後來

Later

作　　者—史蒂芬・金
譯　　者—楊沐希
發 行 人—平雲
出版發行—皇冠文化出版有限公司
台北市敦化北路 120 巷 50 號
電話◎ 02-27168888
郵撥帳號◎ 15261516 號
皇冠出版社（香港）有限公司
香港銅鑼灣道 180 號百樂商業中心
19 字樓 1903 室
電話◎ 2529-1778　傳真◎ 2527-0904
總 編 輯—許婷婷
責任編輯—張懿祥
美術設計—蕭旭芳
著作完成日期— 2021 年
初版一刷日期— 2022 年 10 月

法律顧問—王惠光律師

讀者服務傳真專線◎ 02-27150507
電腦編號◎ 508048
ISBN ◎ 978-957-33-3952-6
Printed in Taiwan
本書定價◎新台幣 420 元 / 港幣 140 元